父が準備した遺影写真（90 歳ごろ）

門中墓と二頭の蝶々

離れの屋上で、棒の鍛錬に励む父（40 代半ば）

庭でサイの型を演じる父（80 代後半）

母・侑貴子、北海道にて（40 代後半）

タイのワット・アルン（暁の寺）にて母（60代半ば）

帰省時、バナナ畑で働く兄の勇

兄・勇の肖像画

懐かしい赤瓦屋

父が死んだ。

―沖縄「手《ティ》（古武道・空手）」の隠れ武士、嘉数光雄《かかずみつお》の足跡を辿って―

かかず 千恵子
KAKAZU Chieko

文芸社

目次

1　納骨……7
2　ミーサ（口寄せ）……17
3　ハウスクリーニング……30
4　祖母　ウシ……37
5　平良村《てーらむら》……44
6　嘉数《かかず》家長男　小太郎《こたろう》（本家　ミーヤ小《ぐわぁ》）……47
7　嘉数《かかず》家次男　重保《じゅうほ》（分家　上《いー》ヌミーヤ小《ぐわぁ》）……49
8　島の移民事情……52
9　嘉数《かかず》家三男　勇助《ゆうすけ》（分家　前《めー》ヌミーヤ小《ぐわぁ》）……56
10　光雄、那覇へ行く……60
11　恩師　又吉眞光《またよししんこう》……67
12　開南《かいなん》中学校中退……72
13　かけ試し……75
14　父の結婚……79

15 父、再び那覇へ出る …… 84
16 招集令状 …… 87
17 沖縄戦 …… 91
18 「行動経過書」の写しから …… 99
19 平山照夫《ひらやまてるお》さんとの出会い …… 110
20 父の帰還 …… 115
21 戦後の父と佐賀・大分との付き合い …… 119
22 現金収入 …… 123
23 懐かしい赤瓦家《あかがーらやー》での生活 …… 133
24 「大城森《うふぐしくむい》と浮世《うちゆ》の《ぬ》隅《しみ》」の開発 …… 138
25 突然のでき事 …… 142
26 クイサギ …… 147
27 母　侑貴子《ゆきこ》（ユキ） …… 155
28 三男　勇《いさむ》 …… 163
29 父と私 …… 175
30 幸運の神「カイロス」 …… 178

31　父と家……188
32　父と「手」……192
33　父が死んだ。……197
34　命《ぬち》ドゥ宝《たから》（命こそ宝）……202

1　納骨

「お父さん、見て！　きれいな蝶々…」

父の急な死去の知らせに、遠く北海道から次兄と共に飛んできた姪が、頭上を見上げて言った。厳かな読経の響く夕暮れ間近な真夏の空は、まだ抜けるように青い。

父、嘉数光雄。大正九年十一月一日生。令和元年七月七日、日曜日の早朝六時、老人ホーム「ふくぎ」にて逝去。享年九十九の大往生だった。遺言「自分が死んだら、ひと晩でいいから家に帰らせてくれ！」


沖縄本島南部の墓はおおむね門中（一族）墓である。嘉数家の属する門中墓は、五百坪ほどの敷地に二対の亀甲墓と駐車場を備えた大きな墓地だった。墓は県道七号線沿いの南国特有の雑木が生い茂った小高い山の斜面にあり、真下に市総合グラウンドや中央公民館、そして那覇空港自動車道入り口を見下ろしている。

亀の甲羅とも、生まれ帰る子宮の形を模したとも言われる亀甲墓の墓前には、三十名ほどの親族や父の知人が参列していた。島の、それも旧部落の納骨としては少ない人数である。

大正生まれの人としては珍しく、父はかたくなに「家族葬」を遺言した。「親族にも村にも知らせるな。新聞にも載せるな。門は鍵をかけて誰も入れるな！　ただ、ひと晩でいいから家に帰らせてくれ！」である。私たちも父の意志を尊重し、ひっそりと身内だけの家族葬で済ますつもりだった。

九十七歳の誕生日直前の十月下旬早朝、居間のカーペットにつまずいて救急車で運ばれるまで、父は一人暮らしを通した。母は十三年前に八十四歳で亡くなっている。実家は五十坪を超える一見豪華な目立つ家だったが、室内外とも階段と段差が多かった。バリアフリーという概念もない時代の建築である。

父はその四ヶ月前の六月にも寝室で転倒している。夜の八時過ぎに私に電話が入った。急いで駆け付けると、歩行に支障はなかったがなにしろ高齢である。その時も救急車を呼び、三日程の入院となった。

室内のコードや敷物は固定してあった。糖尿病を患っていた母ユキが、電気のコードにつまずいて歩行困難となりホームへ入所。帰宅の願いも叶わないまま亡くなった事もあって、気を付けていたつもりだった。

「年寄りは段差に注意してね。転んだら終わりだよ」

「年寄り扱いするな。家の中で二回も転ぶほど、自分はバカじゃない！」

父は「くどい！」と、意に介しなかった。九十七歳。一人暮らしはとうに限界だったのに…。八十歳過ぎに軽い心筋梗塞を発病しステントの入っていた父の心臓は、いつ止まってもおかしくないほど弱っていた。ひと月ほど入院し最善を尽くしたが、介助なしでは歩行できなくなり車椅子となった。そして、退院後はリハビリを兼ねて施設への入所となったのである。

プライドの高い父である。入所に抵抗するものと思ったが、父は意外とすんなり受け入れてくれた。自宅での介護など無理な話だった。ホッと胸をなでおろしたのは正直、否めない。

年老いての一人暮らしの不安。すぐ隣には弟夫婦がいると言え、施設には常に身近に人のいる「安心感」も大きかったのではないか。あれほど家に執着していた父である。帰宅したいと駄々をこねて手を焼くだろう、と覚悟していたのだが、誰しもが一時帰宅する正月、旧盆さえも父は帰宅を望まなかった。父なりの覚悟ができていたのだろう。

年老いた叔父や叔母たち。親族でも冠婚葬祭でもないかぎりなかなか会えないのか。久しぶりの再会に相好を崩し、和気藹々とした会話や控えめながら笑い声まで聞こえてきた。

納骨の場でと思うかもしれないが、決して不謹慎なことではない。島では九十九歳の長寿の死は、特別におめでたいのである。

百歳に一年満たない「白寿」。子孫のために福を遺して、あの世に旅立ったということだ。膝が悪く、お墓までの長い階段を登れなくて駐車場で待機している母方の叔母が、責めるような口調で言った。

「チィちゃん、あんたたちはこんな小さな葬式出して。なんで紅白饅頭も準備してないの！」

叔母の言う通りである。九十九歳の大往生。父の最期は島の高齢者が理想とする逝き方なのだ。

知人の母は八十八歳の米寿の年に亡くなったが、華やかなお化粧、黄色地の紅型《びんがた》衣装に赤い口紅とマニキュアが映え、香典の返礼品のお米券には紅白饅頭が添えられていた。島風に言えば「アヤカーラチ、クミソーリ（あなたにあやかって、私も大往生できますように！）」である。

姪の言葉に頭上を見上げると、ビロードのように青光りした黒い蝶とミルク色の前翅の裾に明るい朱色が映えるきれいな蝶が、ひらひらともつれ合うように飛び交っている。手を伸ばせば届きそうな近さだ。二頭とも完璧な翅を持った大きな見事な蝶々である。

「お父さん、あのオレンジの蝶々、北海道では見かけないけど？」

「オレンジ色の蝶はツマベニ蝶。黒いのは…？」

すぐさまスマホを取り出し、検索し始めたのは次兄である。

「あの青光りしている黒いやつはアゲハの仲間だと思うけど…。それにしても二頭とも本当に見事な蝶々だね。翅がこれほど完璧なのは滅多にお目にかかれないよ」

「蝶道かな？　でも、ちょっと不思議だね。花も幼虫の食草も見当たらないし。蝶々は案外闘争心が強い生き物だよ。オス同士が出会うとかなり激しく争う」

次兄が地元の大学から北海道に移ったころは、関西辺りでは「朝鮮人・沖縄人お断り」など、今でいえばヘイトスピーチで差別された時代であった。復帰前の沖縄から北海道へ。次兄は父に似たエネルギーの持ち主である。障害をものともせず蹴散らかすパワーがある兄だったが、それでも大変な苦労と努力を重ねてきただろう、と推察する。

情の厚い次兄は一人暮らしの父を心配し、年に数回ほど遠い北海道から飛んできて、ドライブや食事に連れ出してくれた。しかし、父が「良く来てくれた」と、歓迎の意を示すのは数日だけで、すぐにイライラするのが常だった。なにしろ似た者同士の二人である。パワーがぶつかり合うのだろう。

次兄はマイペースで大雑把な性格である。遅くまで起きている、電気はつけっぱなし、水をジャージャー使い過ぎるなど、細かいことが倹約家の父の気に障るらしい。寂しがり屋の父は自分のご機嫌取りをしてくれる人を求めていた。しかし、そう都合のいい人はいないのが現実だが、「老いては子に従え」という古からの教訓とは全く無縁の父だった。

父が死んだ。

前日の夕食時に「ふくぎ」を訪れた時も元気だった。父はいつものように食欲旺盛で、半流動食を小さなスプーンでペロリと平らげた。あまりにも早食いなので、誤嚥を恐れた職員の計らいである。車椅子の施設生活になっても、父は自分の意思を貫き遠慮することはなかった。車椅子のクッションが固い、取り替えてくれ。温かい毛布が欲しい。個室は職員詰所の近くがいい。担当する介護士を変えてほしい…など、はっきりと要望を口にした。私に緊急の電話がはいったこともある。

「すぐ来てください。嘉数さんがたいへんなことになっています！」

慌てて駆け付けた私が見たものは、職員とニコニコ談笑している父だった。職員の説明不足で誤解した父が激高。お気に入りの職員が仲立ちして説明、納得したようである。

人は誰しも寄る年波には勝てない。年をとるということは社会的弱者になることでもある。世話になる立場だから我慢、遠慮するべきだという思考は父にはない。同じフロアーの入居者のみなさん、特に女性の方たちから父は人気があった。自分たちの代弁者でもあったのだろう。「自分は長年税金を納めてきた。施設の入居料金もきちんと納めている。だから権利がある」が、父の主張だった。

中には単なる我儘もあり、職員の方々はたいへんだったと思うが、父の言い分にも一理あると思っている。父のようにはっきり主張する人々がいてこそ、誰もが生きやすい社会になるのではないか。

老いたとは言え、現実をしっかりと見つめていた父は九十代に入るとすぐに、私と嫁の好江さんを指図して自分の死に備えさせた。

遺影の写真、それも各家庭用に数枚。死に装束としての背広と、東京で亡くなった兄「勇《いさむ》」が卒業式に着るはずだった背広。二人の空手着。戦後一歳半で亡くなった姉「陽《はる》江《え》」のお土産にと、可愛い浴衣と化粧品まで準備させた。父はネクタイピンまで細かく指示した。そして「誰にも知らせるな。家族葬を！」と、強い口調で言い遺したのである。

また信頼を置いていた弟に「何かあったら、これから出してくれ」と、それ相応の現金を預けていた。弟は一人では誤解を招く恐れもあると、姉の私と二人で父のお金を管理することになった。大きな出費は次兄に相談し、病院代や入居料金などの諸必要経費をそこから賄った。父は最後まで一円も子どもたちの世話にならなかった。

その父が死んだ。

遺影の中の父は真っ白い空手着姿である。金糸で「十段」と刺繡された黒帯にガッシと両手をかけ、迷いのない強い目で虚空をにらんでいる。父は父なりに踏ん張って自分の生を全うして逝ったのだ。


亀甲墓の周りをうっそうと巨木が取り巻いている。次兄が言うように、蝶の食草らしきものは見当たらない。

南国を代表するガジュマル、センダン、アコウ…。中でもひと際目を引くのは参列者に日陰を提供している「クァーディーサー」モモタマナの巨木だ。

人の泣き声を聞いて成長すると言われるモモタマナの木は、島の南部では墓庭に植栽される。門中墓の墓庭の両脇にも、他の木々を圧倒するかのようにモモタマナの巨木が屹立している。

南部の新設された高校での事だった。グラウンドの周りにグルリとモモタマナが植栽されると、地域の人や保護者から抗議の電話が殺到したのだ。

墓に植える木を若者が集う学校に植えるとは何事だ。常識に欠けている。縁起が悪い。笑い話のようだが、モモタマナの木の下を歩くと受験に失敗するというのもあった。今では、モモタマナの木は公園などでごく普通に植栽されている。

　赤みがかった幹。台風にも強く、また枝を水平に長く伸ばし夏の強い日差しを遮って木陰を提供してくれる木だ。手の平より大きい葉っぱは、島では珍しく冬になると赤く色づき落葉する。紡錘形の実も可愛い。夕暮れ時にはかすかに甘い実をねらって蝙蝠が飛び回る。ウルトラマンのあの紡錘形の顔は、モモタマナの実がモチーフになったという怪しい話もあるほど、島の人には身近な木だ。

「お父さん、オバァだよ！　オバァがオジィのお迎えに来たのかも！」

「そうかも知れないな。沖縄では亡くなった人の魂は、蝶に乗り移ってくると言われているからね」

　これがお迎え現象と言うものだろうか。一頭の蝶は、参列者の頭上をゆったりと飛び交っている。

　島では、亡くなると地元の新聞二紙の「お悔み」告知欄に掲載する。そこには告別式や初七日の日付・場所・家族名が記され、その後に親族一同・友人代表・職場関係などズラリと名を連ねる。

　父の願いだった通夜を営むために公益社の手配した車でひっそりと、それまで空き家となっていた実家に向かった。荼毘に付される前に、代々の先祖、妻ユキ、戦傷で夭逝した長女、大学卒業直前に急逝した三男が祭られた自宅の仏前で、父は静かに通夜を迎えたかったのだろう。

しかし、現実はそうはいかなかった。昼過ぎから弔問客がポツポツ訪れ始めた。自宅は県道沿いの交差点に接し、それも目立つ家である。周りには団地や新興住宅地、アパートが乱立しているが、もとからある小さな旧村落「平良」の自治会に属していた。

夕暮れ時には、村の有線放送から「上ヌミーヤ小の、嘉数光雄さんがお亡くなりになりました…」と、大音量で流れたのである。

今では「家族葬」という言葉も一般的になったが、「新型コロナウィルス」という言葉がマスコミに登場しだしたのは年明けからだった。

交際密度の高い田舎である。家族葬など、どだい無理な話だったのだ。自宅で多くの弔問客に対応する準備もできていない。慌てて葬祭場を押さえ、告別式、火葬、そして納骨と、島での一般的な葬儀となり、父の意に反してしまったのは仕方がなかった。

お坊さんの読経も終わり、納骨の儀が始まった。亀甲墓の入り口はとても小さい。骨壺を抱えた次兄が祖先に礼を尽くすかのように、膝を折り曲げ腰をかがめながら入っていく。

九十九年間の此岸の生を全うした父は、結界を超えて彼岸の地へと旅立っていった。頭上を飛び交っていた二頭の蝶々は、いつの間にか姿を消していた。

2　ミーサ（口寄せ）

「ミーサ」とは新仏のことだが、亡くなった人の霊魂を呼び出してその思いを聞き出すことを、母たちは「ミーサ（口寄せ）に行く」と言った。青森県恐山の巫女、イタコがよく知られているが、島にも似たような人々が多い。「ユタ・カミンチュ・ムヌシリ」とも称される一種の霊能力を持った人たちである。

その中でも「ユタ」はよく知られ、先祖との交信、引っ越した地の神々への挨拶、屋敷の拝み、先祖の供養や位牌の後継問題などの明示者として重要な役割を担っていた。「医者半分、ユタ半分」との島言葉もあるとおり、日々の悩み事の相談者として人々の生活に深く根付いている。

知人の話だが、市役所勤めの息子がオートバイで通勤中に、突然Uターンした車に跳ねられたが運よく軽傷で済んだ。ひと月以上も経ったある日、窓口に来た面識のない高齢の女性から「エー兄さん、あんたマブイ落としているよ。はやくマブイグミしなさい」と言われ、慌ててユタを頼んで「マブイグミ」抜け落ちた魂を呼び戻す拝みをしたのである。

マブイとは「魂」の事で、特に子どものマブイは落ちやすいと言われる。ちょっとしたでき事があると、その場で「マブヤーマブヤー。ウーティクーヨー、マブヤー（魂よ、魂。追いかけて戻っておいで）」と呪文を唱えたものだった。

ただ、家に不幸が起こるのは「お拝み不足」だとか、「仏壇継承者」が正統ではないなどと、かえって親族不和の元凶となるなど負の側面もあった。仏壇、位牌継承には当然、相続問題が絡んでくることも一因だろう。

「子孫に災いをもたらす祖先などいない」と、私は常日頃から思っていた。正直言ってユタ嫌いでもあった。兄の突然の死がトラウマとなっているからだ。ただユタを全面的に否定している訳では決してない。自分自身に霊感とか全く感じたこともないし関わった事もないが、私のような平凡な人間にはない未知の力、霊力を持っている生徒たちを見てきたからだ。

図書館に配属されると、教室とはまた違う生徒たちとの交流がある。本好きな子だけでなく、人付き合いが苦手な子などである。評価も学習指導もない図書館は、ある意味「駆け込み寺」のような役割を果たしていたのだろう。

その中に橋を歩いて渡ったことがないという生徒がいた。話を聞くと、うっすらと霊が見えると言う。特に橋の上は多いらしい。また密閉したバスなども人の気が溢れて乗れない、とのことだった。県外国立大学に進学できるほど成績優秀だったが、親元を離れたくない、飛行機には絶対に乗りたくない、と断念している。

二年次に休学し復学した生徒だったが、自分から垣根を作っているような子がいた。それでも耐え切れなくなったのか、時々授業をさぼって図書館でひっそりと本の世界に逃げ込んでいる。どうしてこの子が休学したのか、と思うほど真面目で読書好きな子だった。私も無理に話しかけたりはしなかった。

ある放課後、その生徒が真っ青な顔をして図書館に駆け込んできた。今にも泣きだしそうな緊迫した様子である。温かい紅茶で落ち着かせ、話しだすのを待った。

「先生、校門の前に血だらけの男性がうずくまっている。怖くて門から出られない…」

「怖かったね。お母さんに電話して、迎えにきてもらう？」

「お母さんに連絡しないで！　また大騒ぎしてユタの所に連れて行かれるから…」

そういう生徒を数名ほど見てきた。ほとんどの生徒が異質の人間と見られるのを恐れるのか、自分の本質を隠して学校生活を送っている。ただでさえ不安定な思春期である。自分をコントロールできなくて自傷行為に走ったり、休学や退学に追い込まれる生徒もいた。

霊力、霊感が高い人がいるのは確かだ。

四十九日忌の法要を間近に控えた八月、早朝五時起きで花の出荷作業を終えた弟が訪ねて来た。六月のマンゴー、八月の今は切り花のクルクマ、デンファレの最盛期で多忙な時期である。

「好江が、お父さんがちゃんと成仏しているか、気になって落ち着かない、ミーサ（口寄せ）に行くと言っているが、自分は出荷が忙しくて時間が取れないので一緒に行ってくれないか」

「ミーサ？　ユタに行くの？」

「いや。好江はカミンチュって言っているけど…」

農繁期で弟夫婦が仕事に追われていることは承知していたし、嫁の好江さんが義理の父を思ってくれるのには頭の下がる思いだった。結婚当初から実家の隣に住み、長年あれこれと父母の面倒をみてくれた弟夫婦である。笑顔が絶えず面倒見が良い好江さんに、父も母も娘の私以上に頼っていたこともあり感謝していた。

八月下旬のある朝、好江さんとカミンチュの上原さんの住む村に向かった。

「上原さんはユタとは違うよ、姉さん。子孫に祟ると脅すことは一切ないし、お金のかかる拝み事も作らない。ただ、お父さんは眠ったまま亡くなったから何か言い遺したことがあるのではないか、と私が気になって…」

カミンチュ。漢字を当てはめれば「神人」だろうか。琉球王府時代に各地に任命されたノロ（神女・祝女）と共に、国や村のために祈りを捧げた人たちである。戦前までは村ごとにまたは門中ごとにカミンチュがいたらしい。気を遣ってくれた好江さんには感謝しかない。彼女がいなければ、ミーサなど思いもつかなかっただろう。

その家は本島南部のひっそりとした集落にあった。今では滅多に見られなくなった木造のアカガーラヤー（赤瓦屋根の家）。掃き清められた庭。生身の人間が足を踏み入れるのを躊躇するような清浄感が漂っている。上原さんの家系は、その村落で代々続くカミンチュである。母屋の開け放した仏間にひっそりと座っている祖母と妹の三人暮らしで、その祖母もかつて村のカミンチュだったらしい。

八畳ほどの離れで、上原さんは待っていた。その若さに驚いた。二十代後半か。独特なオーラを持っている人かと思い込んでいたが、体格のいいごく普通の明るい青年にしか見えない。

父の名前、住所、生年月日、生まれ年の干支。聞き出したのはそれだけだった。予想していたようなトランス、憑依状態など一切見られない。

ミーサが始まった。上原さんは帳簿（ノート）を取り出し、誰かと対話でもしているかのように何かを書き付けていく。その字も殴り書きで、とても文字と言えるものではない。

帳簿は依り代のようなものだろうか。聞き取れないほどの早口で、それも完璧な島言葉である。時間の感覚がなくなっていく。父の霊魂が応えたのだろう。上原さんは穏やかな声で話し始めた。

「お父さんは、寝ているのか夢を見ているのか、分からないまま旅立ったと、おっしゃっています」

確かに、前日の夕方に面会に行った時も食欲旺盛で元気な父だった。翌日の早朝六時に介護士が巡回した際も、いびきをかいて熟睡しているように見えたらしい。介護士の長年の勘が働いたのか。「何か様子がおかしい！」と宿直医に連絡。医者が駆け付けた時にはすでに息を引き取っていたのである。

「お迎えに来たのは、キヨさんという小柄で色白のお婆さんです」

二人とも「キヨ」という名前に全く心当たりがなかった。その晩、眠りにつこうとした時にアッと思い出した。父は尋常小学校三年の九歳過ぎから、県庁所在地の那覇市で移民会社を経営していた勇助おじさんに引き取られて育った。その勇助おじさんの一人娘である。父は二歳年上の従姉妹をいつも「キヨちゃん」と呼んでいた。おじさんが亡くなるまでの八年間を一つ屋根の下で暮らした人だ。

勇助おじさんの死後、親子で母の故郷の佐賀県に帰郷。晩年は高齢者施設に入所。三十年ほど前に一度だけ、父母に付き添って佐賀県の施設を訪問した事があった。確かに色白で小柄、物静かな感じの人だった。

「庭の犬小屋の前を、コンクリート敷きにしたかった」

これは、私しか知らない事だ。晩年の父は知人に勧められてミニ柴犬の「クロ」を飼っていた。犬小屋の前は八畳ほどの広さで雑草と芝生が生え、繋がれっぱなしのクロの恰好な遊び場だった。ある日、父がコンクリートで敷き詰めると言い出した事があったが、「クロが困る」と止めたのである。父にとってクロは、ただの番犬だった。

犬好きの次兄は、北海道から帰省する度にクロを散歩に連れ出した。そのコースに私の家もあった。クロは賢い犬だった。道を覚えたのか。度々脱走しては交通量の激しい県道七号線を渡って「ボクをこの家で飼ってください」とばかりにやってきた。

隣近所の人たちも「また来ているね。もう飼ってあげたら！」と言うほどだったが、ある日、道路を横断中に事故にあい前足を骨折。そのクロも今では北海道の次兄の元で、幸せに暮らしている。

「知人に二百万円貸してある。必ず返済させてくれ！」

その方が選挙運動資金として父に借金をしていた事は承知していたが、金額までは知らなかった。調べてみると、二百万円の借用書が出てきたのである。

「いつも履いていた靴を入れてほしかった」

用意万端に死出の旅支度をさせた父だったが、さすがの父も私たちも靴までは気が回らなかった。お棺に入れたのは、業者が準備した草履と足袋だったのである。

父は自分なりの美意識を持っており、気に入った服や靴をクタクタになるまで愛用した。敬老の日や誕生日にプレゼントした「かりゆしウェア」など、タンスの肥やしだった。こだわりの強い父が、背広に足袋、草履では納得するはずがない。

「あの世の旅立ちの服は、羽織袴を着たかった」

二人とも初耳だった。父から羽織袴の話を聞いたことも、見たこともない。正直、これは「ハズレ」だと思った。

「四十九日の法要前で良かったですね。すぐ靴と羽織袴を探し出して仏前にお供えして下さい。四十九日の法要の際に、丁寧に事情を説明すれば大丈夫です」

その日、帰宅してすぐに父の家に向かい好江さんと二人で探してみたら、押し入れの衣装ケースの中から、たとう紙に包まれた羽織袴が出てきたのには驚いた。

思い起こせば父は六十代の頃、知人に誘われて五年ほど琉球古典音楽の大家の元に通っていたことがあった。鼻歌一つ歌った事がない父が珍しく没頭し、三線の免状まで取得してしまったのである。おそらく発表会か何かで誂えたのであろう。

「これが最後になりますが、お父さんの一番の気がかりは、家の継承の事です。仏壇はだれが継いでもいい。ただ人が集まる家にしてほしい、とおっしゃっています」

祖先の祟りだとか、どこそこを拝まなければならないとかは一切なかった。父らしさが良く表れてもいた。最期まで後継者が決められなかった父。不安や不満もあっただろう。もしかしたら上原さんが敢えて伏せたものもあったかも知れない。

「亡くなられた方は、みな仏様です。今生きている人の幸せを考えて下さい」という上原さんのミーサには救われた思いがした。

上原さんの告げた通りだった。戦前の大正生まれの父にとって、仏壇後継者は直系の男子でなければならなかった。しかし、嘉数家の長男直系のひ孫に男子はいなかった。

知人の女性の話である。知人の父は資産家の長男だった。徴兵を免れるために南洋のサイパンに移民したが、昭和十九年九月十五日米軍上陸、サイパンは激戦地になった。両親、兄弟二人がその地で亡くなり、当時七歳だった知人だけが生還した。

知人は本家で祖父母に大切に養育されたが、結婚してその家を出るとき財産相続権は当たり前のように放棄している。戦争孤児の女性たちのほとんどが知人同様だった。女性は仏壇や財産相続権を放棄しただけでなく、実の両親の眠るお墓にも入れないのが島の実情だった。

しかし今では、少子化やジェンダー平等、居住地も多岐に渡るようになり、女性の権利意識も高くなった。県外進学や就職、海外への移民も多い。島の社会風潮や人々の意識も大きく変化している。

身近にも、女性が仏壇・位牌を受け継ぐ家が普通に見られるようになった。頑なに直系男子継承を唱えてきたユタでさえ「娘でもかまわない」と言い出すほどだ。

父も時代の変化を感じ取っていたとは思うのだが、それを受け入れるには抵抗があったのだろう。何度も公正証書を書き直していた父だったが「みんなで話し合って決めてほしい」と、迷いの中で亡くなってしまった。

上ヌミーヤ小の仏壇は誰が継ぐか。父の突然の訃報で島に帰省していた次兄も交えて話し合いが持たれたが、拉致の開かない話で終始して終わった。実家を後継する事は、仏壇、位牌だけではない。当然、財産相続にも影響するし、親族との付き合いも大変なものがある。父の影響からか、女性の私は当初から問題外だった。

十月下旬、娘の出産で二週間ほど東京に滞在している間に、父の家は大変なことになっていた。父が鹿児島まで出かけて仕入れた杉の板壁、島では自慢のイヌマキの床柱にまでカビが生え、その臭いは耐えられないほどだった。「人の住まない家は、急速に廃屋化する」とは聞いていたが、まさにその通りだった。好江さんの母親も九月に逝去。多忙な弟夫婦には迷惑はかけられない。

「親が生きている間が実家。親が亡くなった後からは、娘のあなたはお客さんだよ。口出しも手出しも控えてね」

叔母たちの忠告があったにもかかわらず、父の家の管理を続けざるをえなかった。島では重要な法事である百日法要を終えても、仏壇・位牌の後継者は決まらなかった。

十一月下旬。遠く北海道からやって来た次兄を中心に再度話し合いが持たれたが、やはり前回と同様だった。さすがに次兄も匙をなげたのだろう。

「僕は相続放棄する。仏壇は親父の遺言通り、誰が継いでもいい。ただ裁判沙汰だけは避けてくれ」

そう言い残して北海道へ帰って行った。何か思うものがあったのか。母と父の書き残した大量の日記を「僕が保管するから」と、持ち帰っていった。もう以前のように次兄が帰省することはないだろう。親が生きている間が実家。次兄が一番寂しかったのではないか。

年の瀬も押し迫った十二月、弟から電話が入った。

「大分の木下さんから電話があって、今から那覇空港に向かうらしい。一緒に空港まで迎えに行ってくれないか」

「木下さん？」

「平山さんたちの旦那寺、西念寺のご住職。嘉数さんは家の後継の事が心配で成仏できておりません。お父さんに引導を渡すのが私の務めです、とのことだけど…」

引導を渡す。僧侶が経文を唱えることで死者を成仏させることである。上ヌミーヤ小仏壇後継者がなかなか決まらない事を、大分の人々が知るはずはない。弟夫婦は五年ほど前に父の名代として西念寺を訪れ、平山家のお墓に詣でた際に木下さんにお会いしている。

父は、第二次世界大戦時の昭和十九年七月に招集され、長崎佐世保海兵隊へ。翌年八月、鹿児島鹿屋航空隊で終戦を迎え、九月除隊。沖縄へ帰る手立てがなく昭和二十一年十二月末まで大分で過ごした。その間たいへんお世話になった方が、大分県でミカン山開拓者として「相撲甚句」にも讃えられた「平山照夫さん」である。

地方のお寺は檀家の減少などで廃寺の憂き目にあっているという。大分県国東市にある西念寺もその例にもれず廃寺になりかかったが、平山さん親子の献身的な支えがあって再建にいたった。ご住職の木下最勝さんは西念寺再建の際に浄土真宗西本願寺から遣わされ、また法力の高い伝道師として知られている方でもあった。

その日は前日から小雨がショボショボ降り続け、身体の芯まで冷えるような寒さだった。那覇空港で降り立った木下さんは黒い袈裟の僧衣姿である。挨拶をする暇もなく、木下さんは速足で空港出口に向かっていく。車中でのお話では、父が「成仏できない」と夢の中に現れるとのことだった。父が木下さんにお会いしたことは一度もない。

「すぐ、お父様の眠るお墓に案内して下さい」

濡れそぼつ木々の中、門中墓はひっそりとたたずんでいる。モモタマナの木だけが葉を落としていた。赤みがかった枝がまるで千手観音のように絡み合いながら佇立している。

弟が差し掛ける傘の下で、木下さんは経文を繰りながら読経を上げ始めた。寒さも一層厳しくなった雨の夕暮れ時、人気のない門中墓にただ読経の声だけが静かに響き渡っていく。

「お父様は、有難うとおっしゃって、ただ今成仏なさいました。この後は、ご実家の仏前で読経をあげさせていただきます」

島には仏教文化は根付いていない。祖霊神、祖先崇拝が主である。誰しもが直面する「生老病死」。引導を渡す人もなく、一人でそれに立ち向かうのには辛いものがある。「彼岸」で仏様になった父。実家の後継問題は結局、今を生きている「此岸」の私たちの問題ではないか。木下さんの法話に耳を傾けていると、そう思わざるを得なかった。

3　ハウスクリーニング

年も明け、新正月、旧正月と過ぎていった。実家の継承者問題は話し合いさえ持てないままだった。できるだけ風通しに通っていたが、父の家は床柱や壁だけでなく見事な彫刻の欄間にまで青カビが広がってきた。

旧暦一月十六日には「後生、あの世の正月」と称される大事な法事「ミージュウルクニチ」がある。それまでに何とかしなければならないが、とても私一人の手に負える状況ではない。北海道の次兄にその話をすると「お金はまだ残っているだろう。僕が責任持つから、業者を入れて掃除させてくれ」と言われ、ハウスクリーニングを頼むことにした。

大きすぎる家。天袋や地袋に、またこんな所にと驚くほど収納個所が多い。家中の掃除、カビ落とし、大量の衣類や布団類、その他の生活用品の廃棄料金など結構なお金が掛かったが、さすがプロだった。五日間かけて徹底したクリーニングが行われ、父の家は息を吹き返した。

「いったん廃棄物処理場に持ち込んだら回収できません。仕分けは慎重にお願いします」

骨董品の数々、不動産関連の書類、懐かしいモノクロの家族写真。ハワイに移民した親族からの手紙、東京で亡くなった兄のアルバムや遺品等…。

そんな中、次兄から念押しの電話が入った。

「琉球古武道の武具は、とても貴重なものだから全部取っておいてくれ」

六尺棒が二本、サイ、トゥンファー、ヌンチャク、エィク、中には「西遊記」の猪八戒が振り回していそうな牛刀に似た武器、さびが浮いているが先が尖った重い鉄製の武具等、見たことも名前も知らない物も出てきた。

六尺棒の一つは傷だらけで、長年使いこんだような古いものだった。「処分してもいいのでは？」と一瞬思ったが、念のため次兄に電話で聞いてみた。

「床の間の棒だろう。君も知っていると思うがあの有名な儀間真常《ぎましんじょう》の棒だよ。処分？とんでもない！」

儀間真常。琉球五賢人の一人だ。日本史で言えば戦国時代の人物である。

琉球王国時代、野国総官が芋の苗を中国から持ち帰ったと言われるが、その芋の栽培普及に努め、人々を貧しさや飢えから救った人物が「儀間真常」である。その後、薩摩藩支配下にあった沖縄から鹿児島に渡り、一般に「さつま芋」と呼ばれるようになっていった。

儀間真常は、甘藷（芋）だけでなく、木綿の栽培、サトウキビ栽培や黒糖の製造などにも尽力した人物として沖縄では広く知られている。

次兄は父から「この棒はとても大事なものであるから、本家ミーヤ小で代々引き継ぐように…」と託されたそうである。武具として使用された棒が四百年も持つのか？　父はどこからこの棒を手に入れたのか？　次兄の話では「又吉眞光《またよししんこう》先生から頂いた、と聞いた気もするが、まだ小学生で関心も薄く記憶に自信がない」とのことである。

私にとって骨董品や武具より貴重だったのは、仏壇の地袋の奥から私たちが使い残した大学ノートに書かれた母の回想録が出てきたことだ。埃まみれでボロボロだった。私たちはA四の大きなノートを「大学ノート」と呼んでいた。

また居間の棚に鎮座していた大きな対のシーサーの裏からは、雑多な書類と共に父の回想録も出てきたのだ。やはり古びた大学ノートに自分史のような回想録と、兄「勇」に対する思いがビッシリ綴られた原稿用紙である。

文学少女で読書家だった母は日ごろから日記を書いていたし、回想録を遺したのもあり得る事だと思った。何よりも驚いたのは父の回想録である。母亡き後、父も日記を書き出していたことは承知していたが、日々のでき事を記した忘備録のようなものだった。

文学とは無縁なはずだった父。回想録を遺していたとはビックリ仰天としか言いようがない。次兄にその連絡を入れると「すぐ、送ってくれ」とのことで、ほとんど目を通す暇もなく北海道へ渡ったのである。

実家の管理に追われている三月半ばに「豊里《とよざと》さん」という若い男性が訪ねて来た。弟も私も初めてお会いする方だった。豊里さんは県外で働いているが、本島南部の出身である。幼少の頃から剛柔流と琉舞を学び、今でも帰省のたびに道場に通っているとの事だった。父が亡くなったことを人づてに聞き、わざわざ焼香に来てくれたのである。

「現在の古武道があるのは金硬流二代目の又吉眞豊《またよししんぽう》先生のお力です。眞豊先生が現在の古武道連盟を組織化し世界に普及させた功績は大きいものがあります。しかし、その陰に嘉数さんの多大なご尽力もありましたが、ご存じでしょうか」

応対した私と弟はやや半信半疑であった。若い時は「手ヌ武士」として知られていたことは知っていたが、田舎でのことと思っていた。当時は空手・古武道全般を「ティ(手)」と呼んでいた。「武士」は優れた「手」の使い手に対する尊称である。父にはなんの肩書もない。八人もの子どもを大学進学させるために農業ではやっていけないと、あれこれ現金収入を得るために必死で働いてきた人である。

ただ、バスも一日に数本しか通らない田舎にしては来客の多い家だった。村人はもちろん、製糖期になると奄美大島や離島から出稼ぎに来た「ヒヨーサー（日雇いの人）」たちもやって来た。彼らに無料で馬小屋の屋根裏を提供し、数ヶ月も泊まり込んでいたことも度々だった。養豚や馬喰仲間、空手・古武道関係、不動産や骨董売買業者、那覇時代の同窓生など多岐に渡っていた。

夕方、仕事を終えたヒヨーサーたちが酔っぱらって庭で喧嘩していたのを、今でも覚えている。あの時、父は不在だったのだろうか。父は酒も煙草もやらない人だった。

当時、私は小学生だったが、今でも名前を記憶している方々がいる。同期生だった大地主の照屋さん親子は、よく夏になると昆虫網を持ってセミ採りにやって来た。バナナの葉を丸めた筒や、蜘蛛の巣を絡ませた手作りの網しかない私たちは「那覇の人はお金持ちだなあ」と、うらやましく見ていたものだ。

県警察本部のトップでもあった検事の大城《おおしろ》さんと警視の国吉《くによし》さん。議員の山里《やまざと》さん等、けっこう有力者も多かった。中にはアシバー（暴力団関係）の世界では名の知れた方もいた。父とは空手を通しての付き合いだったらしい。

その中でも又吉眞豊さんは、タクシーで那覇から頻繁に父を訪ねて来た。父の「手」の恩師、又吉眞光先生のご長男である。一歳年上の父は兄弟子のようなものだったのではないか。兄弟みたいに親しく付き合っていた。

明るく大らかな人柄で、来る度にお菓子を持参してくれた。私たちも「眞豊おじさん」

うだ。

と懐いて大歓迎だった。古武道の武具の使い方や「手」の型の確認などを父としていたよ

又吉眞豊さん以外にも、中国武術会との交流で功績を遺した正道館館長の湧川《わくがわ》さんがよくお見えになった。また外国の空手家を連れて学びに来る方々も多かった。父が七十代の頃だったと思うが、仕事を終えた私が父宅で遊んでいる息子を迎えに行った時である。

「今日、香港の映画俳優が来ていたよ。沖縄の空手を学びたいと言っていたけどね」

仕事と子どもの送迎で忙しかった私は軽く聞き飛ばしてしまった。その俳優の名前を聞いておけば良かった、と今では少し悔やんでいる。

父は自分の「手」やその道の方々との交流についてほとんど話したことはなかったし、ましてて自慢話など聞いたこともない。名をなそうとか、他人の評価など気にもしていなかったと思う。

豊里さんは父を高く評価してくれたが、私たちは少し唖然として話を伺っていた。確かに素人の私たちが見ても父の「手」はしなりがあり、キレがあったように見えた。だが好きで打ち込んでいる特技のようなものだと思っていたのである。

父も沖縄の古武道界への貢献など思いも寄らなかっただろう。父が子どもたちに「空手」を習うよう勧めたりしたことはなかった。自主的に「空手」を学んだのは、次兄と三

男だけだ。

高校一年時に胸膜炎を患い一年半も休学した次兄は、県内大学入学後に体力をつける目的で仲間と空手道部を設立。剛柔流の道場にも通っている。教授となった北海道大学でも空手部顧問を長年務めた。ただ次兄の空手修行は、実質的には大学時代で終わっている。

空手に真剣に打ち込んだのは私のすぐ上の兄、三男「勇」である。それも東京の亜細亜大学入学後である。ただ兄の遺したアルバムを見ると、ほぼ部活動で占められている。兄は熱心に空手に打ち込んだ。気が強く、義理堅い所は父に一番似ていたのではないか。

父が死んだ。

私たちが使い残した表紙もない古い大学ノートに書かれた父と母の回想録。母が厚生省援護局に提出した「行動経過書」の写し。父が使いこんだ武具の数々。記憶力抜群だった父の話があまりに面白く、聞き捨てにするには惜しいと思った私が徒然に任せて記した聞き書き。

兄「勇」のアルバムや友人たちの手紙。本土復帰前の沖縄から北海道へ渡った次兄。長兄の豊見城市戦争体験者証言。結婚当初から実家の隣に住み、長年間近で両親を見てきた弟夫婦の記憶等から、父の足跡を中心に嘉数家の記録を試みてみた。

4　祖母　ウシ

私が「ユタ嫌い」になったのは、祖母「ウシ」の存在が大きい。ウシ、明治生まれとしては島では一般的な庶民の名前だ。チルー（鶴）、カメ・カミー（亀）、ナビー（鍋）、カマド（竈）などである。その名残がワラビナー（童名、幼名）として終戦後もしばらく残っていた。

明治十二年の琉球処分、廃藩置県で沖縄県になり、徐々に子どもの名前も大和名が名付けられていった。まだ童名の文化は生き残っていたが、生活の場で使用されなくなったためか、兄たちも自分の童名を記憶していない。私の童名は「チルー」だったと母から聞いたことがある。

祖母ウシは幼少のころから足が悪く、軽く足を引いていた。その原因は本人も知らないままである。痛みはなく食欲旺盛、いたって健康で晩年まで風邪一つ引いたこともなかった。末っ子の一人娘で障害もあったせいか過保護に育てられ、当時としては珍しく家事等のしつけがなされていなかった。

若くして他部落に嫁いだが、家事万端が不得手ですぐに破談になり実家に帰されてしまう。その後、再婚の話は持ち込まれなかった。

ウシの実家の三人の兄たちは気性が激しいことで知られていた。村でも度々トラブルを起こしていたらしい。ウシも家事が苦手な女性だと、悪い評判が立ってしまったのである。ただウシは畑仕事が好きだった。当時の島の主産業はサトウキビである。キビは製糖期の冬までには三メートルほども伸びて横倒しになってしまう。夏のうちに葉っぱをむしり取らねばならない。手間のかかる仕事である。足の悪いウシは長時間も座ったままで集中して働いていたらしい。

ウシはようやく三十三歳で、同じ村の十七歳も年上の嘉数重保に嫁ぐ。重保は二年ほど前に、妻子を立て続けに亡くしたばかりだった。大正九年十一月一日、「光雄」誕生。父の重保は五十歳だった。嘉数家三兄弟、待望の仏壇後継者の誕生である。

嘉数家本家、屋号「ミーヤ小」の長男、嘉数小太郎は本家継承者の男児誕生を願い、四度も妻をめとったが結局子宝に恵まれなかった。

次男「上ヌミーヤ小」の嘉数重保は、妻のカマトとの間に一男三女の子どもに恵まれるが、大正四年に妻を、翌年に次女を、そして大正七年には嘉数家唯一の男児後継者である長男「重信」を失ってしまう。僅か四歳だった。残されたのは娘二人である。

三男「前ヌミーヤ小」の嘉数勇助は娘の「キヨちゃん」だけだ。娘は仏壇継承者にはなれない。

ウシは「光雄」の出生後の十二月に入籍している。当時の結婚は家同士が決めた足入れ婚のようなものが一般的だった。見習い嫁みたいなものである。働き者でない、子宝に恵まれない、家風に合わないなど様々な理由で追い出されたりした。また子どもの誕生後の入籍もごく一般的なことだった。

孫の私は、祖母ウシが台所に立っているのを見たことがない。家事嫌いな祖母だったが、重保には年頃の娘が二人もいたので支障はなかったのだろう。大正時代の日本人の平均寿命は五十歳も無かったという。すでに老人の域に達していた重保がウシと再婚したのは、ひたすら男児誕生のためだったと思われる。また貧しい農家の重保に嫁ぐ女性もいなかったのではないか。

嘉数家、念願の男児「光雄」の誕生。嘉数家の男性たちはどんな思いで、生まれたばかりの赤子を見つめていたのだろうか。

赤子が無事に育つこと。同時に「子孫繁栄。少なくとも三人の男児の孫の誕生を！」と、必死に願ったのではないか。長男は父親の「上ヌミーヤ小」を、次男は本家の「ミーヤ小」を、そして三男は「前ヌミーヤ小」の仏壇後継者としてであった。

他県とは違い、島では仏壇継承者は直系男性でなければならなかった。その歴史的背景には古い家父長制や門中（一族）制、儒教思想などの影響などがあると言われている。また、破ってはならない決まりがいくつかあった。「長男が仏壇を継ぐこと。兄弟同士で継いではならない。娘が継いではならない。娘に婿を取って継がしてはならない」などである。タブー視されたこの決まりを破ると、家族、親族、子孫に病気や事故などの災いが起こると信じられていた。

参照（嘉数家仏壇後継者図）

- 長男　小太郎《こたろう》（本家　ミーヤ小《ぐわぁ》）
- 次男　重保《じゅうほ》（分家　上《いー》ヌミーヤ小《ぐわぁ》）―光雄《みつお》
  - 長男（上ヌミーヤ小を継承）
  - 次男（本家　ミーヤ小に養子）
  - 三男（分家　前ヌミーヤ小に養子）
- 三男　勇助《ゆうすけ》（分家　前《めー》ヌミーヤ小《ぐわぁ》）―キヨ（女子）

※戦前まで家ごとに屋号が付くのが一般的だった。また仏壇後継者は地域によっても違う場合がある。

では、子が出来ない、または男子に恵まれなかった場合どうするのか。一番近い分家の「次男」を仏壇後継者として迎える。もちろん本家の財産相続者としてでもある。どんな家庭でも人生でも、不安や心配事は付きものだ。人が神仏や宗教、占いなどに縋るのもやむを得ない面もあるとは思うが、本人は救われても周りの人々が不幸せになってはならない。

島の生活に深く根付いていたのは「ユタ」だった。病気などの厄災、法事、引っ越しの日取りなど、様々な事で「ユタ買い」をする人たちがいる。また「イキガヌ、ジュリコーヤー。イナグヌ、ユタコーヤー」と言う島言葉もある。「男性の女郎買い、女性のユタ買い」遊郭通いやユタ買いで、遊び惚けては散財する人たちを揶揄する言葉である。

本家ミーヤ小には、古い仏具や発掘現場から出てきそうな石碑らしきものなど、代々引き継がれたものがあった。他家では見られない物だった。それを見た祖母ウシの言動には、ミーヤ小は特別な家であると思い込んだ節がある。

その家の命運を握る唯一の男子の光雄に厄が掛からないように、子孫繁栄のためにと大義名分を掲げ、徐々にユタ買いに走って行くようになった。当初は純粋な気持ちだったと思われるが「私が光雄を生んだ。光雄が嘉数家の世を開いた！」と豪語し始める。

ウシは、ユタにさんざん貢いだ。ユタたちは何日も家に寝泊まりして飲み食いし「神さまの言うとおりウガン（拝み）をやらないと、一人息子の光雄に厄がかかる！」と脅した。妻子を亡くし辛い思いをしてきた重保は恐れもあったのだろう。すっかりユタやウシの言うままだった。金銭に余裕もない重保だったが、ウシのユタ買いのために借金までしたらしい。

戦後、捕虜収容所で亡くなった重保の遺族年金が支給された。その遺族年金は全額ウシのユタ買いに浪費され、言動も目に余るようになっていった。縁もゆかりもない由緒ある旧家に勝手に上がり込み仏壇を拝んだり、一般の人が躊躇するような拝所に出入りしたりした。見かねた親族が忠告したり説教したりしたが、ウシは全く聞く耳を持たなかった。

孫の私も、恥ずかしい目にあった事がある。中学一年生のころだった。下校途中に見知らぬ年配の女性から「あんたは上ヌミーヤ小の孫だってね。あんたたちの婆さんにとても迷惑しているよ！」と、怒りのこもった声で言われたのだ。

明治二十年生まれのウシは小柄だったがおしゃれな人で、椿油をたっぷり塗った髷を結い、パリッと糊のきいた芭蕉布の琉装姿だった。両手の甲には見事なハジチ（針突）が入っていた。

ハジチ。沖縄や奄美の古い風習の入れ墨文化で、女性の幸福を願っての成人儀礼である。祖母ウシも両手の指から甲、手首にかけて、極楽浄土を願う星や魔除けの矢など様々な模様が入っていた。明治二十二年、ハジチを野蛮な風習とみなした明治政府によって「入れ墨禁止令」が施行され、美しいハジチの文化は消えていった。村でも祖母たちがハジチの最後の世代だった。

　ウシは田舎にしては自分を着飾る事、美味しいものに目がなかった。そのまま行けば、ちょっと我儘だがおしゃれなお婆さんで通ったかも知れない。そこへ「ユタコーヤー」が加わったのである。お供の女性を二、三人引き連れてタクシーに乗り込む祖母ウシの後ろ姿が、今でも鮮やかに私の記憶に残っている。

　バスも日に数本、自家用車など滅多に見かけない田舎だ。電話もない時代にどうやってタクシーを予約したのだろうか。子どもながらに不思議でならなかった。ユタへの謝礼金、タクシー代や食事代金など、男性が遊郭通いに費やす金銭に勝るとも劣らなかった。

　祖母ウシは母親らしいことを何一つできなかったが、人前でも大っぴらに父、光雄を自慢し甘い言葉で育てた。私も記憶しているが、ウシがよく言っていた言葉が父の回想ノートにも記されている。

「ワッター光雄ヤ、シシナジリミーからンマリタルデーブクドゥ。西風が吹チン東風が吹チン、マーから吹チン、イーカン！」

　私が生んだ光雄は、肥えた土地から生えてきた大木である。西風が吹こうが東風が吹こうが、どこから強風が吹いても決して揺るがない！

5　平良村《てーらむら》

沖縄県豊《と》見《み》城《ぐすく》村《そん》字《あざ》平良《たいら》。今では「タイラ」と呼ぶが、当時は「テーラムラ（平良村）」または「テーラブラク（平良部落）」と言った。

豊見城村は沖縄本島南部に位置し、県庁所在地の那覇市に隣接。平成十四年に市に昇格する。戦前の人口は九千人余の田舎であった。東シナ海に面する一帯は平地が広がっているが、内陸へ向かうにつれて隆起サンゴ礁の小高い丘や森、谷間が多く平地が少なくなっていく。

当時は大字が十一あり、それが小さな二十三の字に分かれていた。大字「高良《たから》」は「平良」と「高嶺」の二つの部落で構成されていたが、実際は全く独立した自治体だった。

嘉数家の住む平良部落は内陸側にあり、戸数六十三戸、人口二百人余の小さな村だった。隣の高嶺部落を源泉とする「トゥドゥドゥチガァ（轟《とどろき》川）」がクネクネと県道七号線沿いに流れて下流の饒波《のは》川に合流。その谷間を挟んで小高い山「テーラグスク（平良城）」

と「ウフグスクムイ（大城森）」が向かい合っている。「山・森」と呼んでいるが、沖縄本島で一番高い嘉津宇《かつう》岳が四百メートル余である。平良にある二つの山も標高百メートルぐらいだろう。耕作地を確保するためか、家々は山の傾斜地や裾野に建てられた。王府時代の出城の名残である東向きの山、テーラグスクの中腹が村の中心地であった。「グスク」とは首里王朝時代の出城や拝所のことである。「村屋」と呼ばれた公民館を中心に、門中本家、首里王府時代から続くノロ（巫女）の家など、大地主や資産家の家々が立ち並んでいた。村屋からは緩やかな坂道が県道に向かって下りていく。その左右に民家が立ち並んでいるが、人々の資産も下るその坂に従うかのようだった。

資産家は赤瓦の家や屋敷の広さを誇っていたが、それだけではなかった。山の湧き水を引いた蛇口が台所にあり、桶を担いで水汲みに行くこともなかった。また防火を兼ねた農耕馬を洗うための大きな「クムイ（ため池）」があり、食用のコイが泳いでいた。貧富の差は大きく村の運営にもそれは現れた。

嘉数家本家のミーヤ小は下った坂道の突き当たりにあり、豊かさから言えば中ぐらいだった。県道から轟川に架かる小さな石橋を渡って下った先には「大城森（ウフグスクムイ）」と「クンジャンモー」と称される広大な林が隣接していた。

大城森の裾野は開拓されて田畑が広がり、その間を縫って馬車がやっと通れるほどの道が細々とクンジャンモーへと続いていた。その道沿いは「ミー島小《じまぐわぁ》」と呼ばれ、分家をした人たちの家が数軒立ち並んでいた。小作農や日雇いで糊口を凌いでいた貧しい人たちである。次男、重保の上ヌミーヤ小屋敷は大城森の山裾、ミー島小の入り口にあった。

クンジャンモーは数市町村にまたがる深く広い林で、村では「ウチユヌシミ（浮世の隅）」とも呼ばれていた。夏でも冷たい風が吹き、山犬がうろつきフクロウが鳴く、不気味な人気のない松林だった。

初冬になると、渡り鳥のサシバ（アカハラ鷹）がゴマ粒をまき散らしたかのように空を染めた。琉球松や雑木、ススキが生い茂り、とんでもない所に朽ち果てた幽霊墓があったりした。また「親より先に死んだ！」と門中墓に納骨されることを許されない「赤ちゃん墓」が、道の両側のむき出しの赤土の崖にズラッと並んで掘られていた。

浮世の隅、この世の果て…。子どもの私たちが「宇宙の隅」と勘違いするほど不気味な暗い林だった。私は一度も立ち入ったことがない。

6　嘉数《かかず》家長男　小太郎《こたろう》（本家　ミーヤ小《ぐわぁ》）

嘉数家長男、本家「ミーヤ小」の小太郎はとても真面目で優しい人だったと、のちに父、光雄は語っている。

私の子ども時代でもそうだったが、村の資産家の広い庭にはシークァーサーなどの果樹が植栽されていた。だが、その木にはグルグル回りながら吠えたてる獰猛な犬が、長い鎖でつながれていた。子どもたちの盗み食いを防ぐためである。

ミーヤ小の門前には熱帯果樹レンブの高木が枝を広げ、夏になるとたわわに実をつけた。サクサクした甘酸っぱい果実である。甘いお菓子など手に入らない時代だ。子どもたちにとって、野生のグミや野イチゴ、グワバ、ミカンなどがおやつ代わりだったが、野生の果実は小さく甘みも少ない。

レンブが熟するのを待ちかねて、村の子どもたちが木に登って盗み食いをしていたが、優しい小太郎は強く追い払うことはできなかった。木から落ちて子どもたちに怪我をさせたら大変だ。そこでわざと大声を出して「私は下を向いて歩いているよ。だから木の上は見えないよ」と、うつむいて門を出入りしていたらしい。

戦前まで、貧しい親の借金のかたに身売りされる子どもたちがいた。「インジャ」と呼ぶ地域もある。その中でも過酷な漁業従事者として男の子の「イチマン売イ（糸満売り）」や、女の子の「ジュリ売イ（遊郭売り）」が知られている。多くは学校にも通えず、子守りや家事、農作業などに従事させられた。それは親の借金返済まで続いた。

さすがに昭和に入ると少なくなったというが、村の資産家の家にも、「イリチリー（住み込み奉公）」や通いの子どもたちがいた。本家のミーヤ小にも、親に身売りされた二人のイリチリーがいた。「ミー島小」の貧しい農家の娘たちである。ただ子宝に恵まれなかった本家では「ヤシナイングァ（養い子）」と呼んで可愛がっていたらしい。

平地に農地が広がる「宜保」という裕福な部落の資産家に後妻として嫁いだ平良出身の宮城さんという方がいたが、姑の気にいらなかったのだろう。子ども二人とともに追い出されてしまった。実家はすでに移民しており頼れる親族がいなかった。途方に暮れていたのを見かねた小太郎は重保と共に面倒を見たのである。農地に小さなハルヤー（作小屋）を建て、食事の世話までしたらしい。数ヶ月後、姑の気持ちも和らぎ無事嫁ぎ先に戻ることができた宮城さんは、小太郎たちから受けた恩を生涯忘れる事はなかった。

当時は仏壇、財産継承者は男児のみであった。小太郎は子宝に恵まれず、嘉数家三兄弟唯一の男児「重信」は四歳で早逝。特に本家、小太郎の苦悩、重圧は大きかったと思われる。心優しい小太郎が四度も妻を取り替えたのは、ひたすら男児誕生を願ってのことだった。そこへ嘉数家悲願の男児、光雄の誕生である。小太郎、五十四歳であった。

父、光雄は母ユキとの間に七男二女を儲けるが、北海道在住の次兄は、生後二ヶ月も経たないうちに本家に養子として入っている。小太郎は次兄誕生後しばらくして亡くなるが、本家の仏壇後継者を得て安堵の気持ちで旅立ったであろう。

嘉数家長男、小太郎。慶応二年生～昭和十七年逝去。享年七十六。

7　嘉数《かかず》家次男　重保《じゅうほ》（分家　上《いー》ヌミーヤ小《ぐわぁ》）

分家「上ヌミーヤ小」。次男の重保も兄の小太郎とよく似た性格で、優しすぎて気弱な所があった。祖父、重保の肖像画を見ると、いかにも気真面目そうな人柄が伺われる。母ユキのノートには「とても思いやりのある優しい舅だった」と記されているが、父の回想ノートには、親を小馬鹿にされた子どもの悔しさが強く表れている。

当時、財産は仏壇後継者の長男に集中し、次男以下には屋敷と少しの田畑ぐらいだった。

重保の家も粗末な茅葺きの家で、一般的な家畜用の小屋があった。

重保は正直者だったが気弱すぎて村人たちからは「ジィさん」と呼び捨てにされ、日雇い労働者たちには「ウスメー」と馬鹿にされていた。ウスメーとは高齢の男性を軽視する方言で、対照的に「タンメー」や「ターリー」は尊称である。夫と共に妻ウシも「バァさん」と呼び捨てにされ、子どもの父もいつの間にか両親のことを「オトゥ、オカァ」でなく「ジィさん、バァさん」と呼ぶようになった。

当時の重保の家族は、ハワイに出稼ぎ中の長女から預かった二人の孫と妻ウシ、光雄の五人だったが、馬小屋の屋根裏には常時ヒヨーサーが住み着いていた。藁の上に毛布の生活である。重保に経済力があったわけではない。気弱さに付け込まれていたのだろう。

ある冬の製糖期に、ヒヨーサーの亀助を雇った時のことである。男手は年老いた重保だけの上ヌミーヤ小では、力仕事のサトウキビの出荷は手に余る農作業だった。

当時はカレー盆と呼ばれる足高のお膳で食事をしていた。一日の仕事が終わった夕食時に、亀助はカレー盆の上にお箸を並べて「あんたは光雄一人だね。一本のお箸はすぐ折れる」と、お箸をつかんで折ってみせた。そして四本のお箸をとって「ホラッ、折れるか？折れないだろう！」と言った。亀助は四人兄弟だった。

すると、重保は「ウー」と言って頭を下げた。「ウー」は目上の人に対する返事である。

「ハイ、おっしゃる通りです」と、自分が雇った年下の人にひれ伏すようなものだ。父は「とても悔しかった。親をバカにされたことは、一生忘れない！」と、晩年までその時の怒りを口にし、私も何度も聞かされたものだ。

当時の豊見城村には尋常小学校が二校あり、父が通っていた第一豊見城尋常小学校は県道七号線から村の谷間を下って饒波川を渡り、長い坂道を上った山の頂にあった。子どもの足で片道四十分ほどだったという。県道と言っても当時は砂利道である。雨が降るたびにぬかるんだ。白っぽい琉球石灰岩を砕いたイシナグー（砂利）が敷かれていたが、使い残した石は道端に放置されたままだった。

その県道沿いに村でも資産家で知られる家があった。県道よりも少し低地の屋敷で道に沿って大きなクムイ（ため池）があり、そのクムイの上にも道普請の残り物の大きめの石がゴロゴロしていた。

当時、父は尋常小学校三年生、九歳。下校時の父たちは家人のいない隙を狙って、イシナグーをクムイにポンポン放り投げては遊んでいた。ある日、大きな石を落としたら面白いだろうなと試みてみたが、石はビクともしない。子どもには無理な力仕事である。ところが日ごろから石大工の仕事を熱心に観察していた父は、「てこ」の原理を応用したのである。他の子どもたちを扇動して、見事にドボン！

誰の仕業か、すぐに村中に知れ渡ってしまった。重保はまたも土下座して謝った。たちまち「上ヌミーヤ小の光雄は大変な子どもだ！」と、評判が立った。その話を聞きつけて、勇助おじさんが那覇から飛んできたのである。

嘉数家次男、重保。明治三年生～昭和二十年六月十九日、アダンナ（安谷屋）の収容所で戦傷にて逝去。享年七十五。

8　島の移民事情

平成二年、世界各国に移民した人々の功績を讃えるとともに、県民との交流を深め次世代に繋いでいこうと、沖縄にルーツを持つ海外県民が招待され、第一回「世界のウチナーンチュ（沖縄の人）大会」が開催された。大会は五年ごとに開催され現在に至っている。移民先でも沖縄のユイマール（助け合い）の精神は生きていた。世界各国に県人会が結成され三世、四世とすそ野を広げ国際ネットワークに発展している。

コロナウィルスの流行で一時中断していたが、令和四年十月第七回大会開催。海外二十数カ国から三千六百人余の人々が来沖。各イベントに二十万人余の人々が参加交流。今では沖縄で学生生活を送った人や赴任経験者、かつて沖縄に赴任した米兵やその子どもたちなど、誰でも参加できる開けた大会になっている。

現在でも、県民の年間所得は全国最下位だ。長年、沖縄経済を支えてきたサトウキビ産業も衰退しつつある。大正から昭和初期にかけてサトウキビ相場が下落し、大変な恐慌、食糧危機に陥ったこともあった。毒抜きを誤ると死の恐れのあるソテツの実を食べざるを得なかった「ソテツ地獄」である。

戦前から貧しい離島県の沖縄は県外への出稼ぎや海外移民が多く、特に海外移民は他県より突出している。昭和十五年の県人口比率の海外移民者数は沖縄県が約十%余と高く、二位の熊本県の約五%を大きく超えている。

移民の歴史は、明治三十二年「当山久三《とうやまきゅうぞう》」の尽力による二十七人（所説あり）のハワイ移民から始まった。当山久三は「沖縄海外移民の父」として知られている。その後、移民先もハワイ、カナダ、ブラジル、ペルーなど南米、またフィリピン、南洋諸島など多岐に渡った。移民や出稼ぎ者による仕送りは島の経済に多大な貢献をした。

貧しさゆえの一攫千金を夢見た出稼ぎ移民も多かったが、島独特の移民が見られた。明治、大正、昭和と戦争の歴史が続いた中で、直系男子を守るための移民だった。他県でも見られた一種の徴兵忌避である。貧しい家では、銃の引き金を引けないよう人差し指を故意に切断という悲話も残っている。一方、資産のある家は長男を積極的に海外に送り出した。

豊見城教育委員会が発行した平良部落のアーカイブを見ると、戸数六十三軒中、移民を送り出した家が四十三軒にも上る。中には財産を全て処分して移民した一家が、五軒も記録に残っている。父の回想ノートにも「平良は移民ブームだった。特にハワイ移民が多く、村人の半数近くがハワイに移民した」と記されている。

重保の長女夫婦も、幼い息子と娘を祖父に預けてハワイに移民している。戦後に一度だけ子どもたちを引き取りに帰省したが、あまり経済的なゆとりはなかったようである。三女も息子を嫁ぎ先に預けて夫婦でフィリピンに渡ったが、現地で夫を、戦後の引き揚げ船の中で乳児を失い、悲運の中で帰国した。

お金にゆとりのある家では長い船旅の旅費や滞在費だけでなく、土地の購入費、事業費用などをも援助している。実家の経済的なバックアップを受け、余裕のできた人たちがまた実家に仕送りし、島でも資産を増やしていった。

戦後、ハワイから里帰りした人たちが観光バスを貸し切って親族を招待、本島一周することが流行った時期もあった。それは移民先のハワイで成功した証のようなものだった。嘉数家にはそういう親族はいなかった。子どもの私にはハワイ土産のチョコのレイが羨ましかったものだ。

しかし、仏壇後継者である長男だが、戦後になっても島に戻らない方たちがほとんどだった。米軍統治下の政情不安定な貧しい沖縄。生活や子どもたちの将来のことも考えたのだろう。仏壇だけの空き家。また、ハワイに位牌のウンチケー（お迎え）した家もある。

移民が悲惨な結果を招いた人たちも多かった。想像を絶する環境、現地の人々との軋轢、日本人移民社会での差別等である。特にブラジル・ペルー・ボリビアなど南米に移民した県民の苦労は大変なものがあった。ウシの実家もその一例である。祖母ウシには三人の兄がいたが、村でも貧しいほうの家だった。

島の基幹産業はサトウキビの生産である。最盛期には平良にも六ヶ所ものサーターヤー（製糖工場）があり、最大の現金収入を島にもたらした。ところが目先の利欲にとらわれたウシの兄たちは、とんでもない事件を起こしてしまう。

サトウキビから製造された黒糖は樽に詰められ、馬車で那覇港に運ばれて県外に出荷された。その樽の底にニービと呼ばれる粘り気のある土を詰めて嵩を増すという、前代未聞の不正行為である。たちまち信用失墜、出荷停止となってしまった。自業自得であるとは言え、現金収入の道を絶たれて生活できなくなり、全財産を処分してブラジルへ渡っていった。

戦前、戦後と、ハワイに次いで南米移住者は多いが、成功した話はあまり聞かない。ウシの兄弟が、ブラジルに行けば大農場主になれると、夢を抱いて渡った先は「緑の牢獄」と称されるほどの未開のジャングルだった。大変な苦労を重ね、南米を転々とするうちに一家は離散。

昭和四十年ごろに、ウシのすぐ上の兄がホームレスになっているとの噂が伝わってきた。親族で沖縄に引き取ろうという事になり、父はその伯父さんの家を建てるためにバナナ畑の整地まで始めていたが、不運なことに日本に向かう船中で亡くなり水葬にふされた。

母国へ帰ろうにも帰れず、異国の地で働き続けざるを得ない人たちも多かっただろう。日本に出稼ぎに来る南米日系人の若者が多い事からも、海を渡った一世の人たちの苦労が偲ばれる。

9　嘉数《かかず》家三男　勇助《ゆうすけ》（分家　前《めー》ヌミーヤ小《ぐわぁ》）

父、光雄を引き取った三男「勇助」は、兄たちとは全く違った性格だった。気の強い独立心旺盛な人だったと思われる。父はいつも「勇助おじさん」と懐かしそうに呼んでいたので、「勇助おじさん」と記したい。

次男の重保同様、勇助おじさんも食べてはいけるような土地はなかった。このまま地元にいても、小作農の貧乏人で一生を終える人生である。

勇助おじさんは時勢を見る目があった。村での生活にサッサと見切りをつけ、県庁所在地の那覇に出る。すぐに移民会社を立ち上げ、二十代半ばには軌道に乗せている。

また地の利を見る目もあったのだろう。大正三年に軽便鉄道、与那原《よなばる》線が開通。移民会社はその起点ともいえる那覇駅や貨物線の桟橋荷扱所にも近かった。馬車ムチャー（荷馬車を使った運送業。またはその馬を扱う人）を雇い、荷馬車を使った運送業も手掛け確実に事業を広げていった。

経営者としての手腕を買われて、勇助おじさんは三十一歳の若さで豊見城村「初代収入役」に任命されている。

小さいながらも独立王国であった琉球は、江戸時代初期に薩摩藩、島津侵攻によって、その支配下に置かれる。明治四年、廃藩置県。他県に遅れて八年後の明治十二年に「琉球処分」沖縄県が設置された。しかし、行政区域は首里王朝時代のままで「豊見城間切《まぎり》」と呼ばれていた。明治四十一年四月「島嶼町村制施行」により「豊見城村」となる。その施行時の重要な役職が、村長・助役・収入役の三役だった。

勇助おじさんは収入役として「間切」から「村」への過渡期の中で、その重責を果たした。豊見城市立図書館の村史資料にその名が記されている。

勇助おじさんは気が強いだけでなく、腕力もなかなかのものだったらしい。那覇から馬車で村役場に通っていた時のことである。当時は人が荷馬車に乗るのは禁止され、罰金も科されていた。勇助おじさんがサーター（砂糖）を積んだ荷馬車に乗っていると、馬車ムチャーたちが「勇助さん、巡査が来るから下りたほうがいいよ」と言ってくれたが、そのまま乗り続けた。巡査は大変な権力を持っていた。

馬車に乗っている勇助おじさんを見つけた巡査は飛んできて「すぐ、下りろ！」と怒鳴りつけたが、「サーターと同じ。荷物が下りるか！」と、意にも介さなかった。そこで警棒を持った巡査と取っ組み合いの喧嘩になったが、巡査は饒波川の土手に突き落とされ泥まみれになって逃げていった。警察沙汰になると思っていたが何もなかった、と笑っていたらしい。

勇助おじさんが事業者として成功していたことがよく分かる話がある。

当時、学校教員の初任給が数十円の時代に、千円もする高価な馬が二頭いた。沖縄一力のある馬車馬の「平良鼻白」と、一番速い馬「田名原佐久田」である。勇助おじさんは平良鼻白を購入し、馬車ムチャーとして「サンダー（三郎）スー」を雇って請負仕事を始めた。「スー」とは男性を軽んじていう名称である。

新城《あらぐすく》村にガラガラー坂と呼ばれる急な坂道があった。普通の馬は空馬車でしか登れないが、平良鼻白は荷物を載せたまま登れる力強い馬だと評判が高かった。気が荒い馬で荷を積んだ馬車には絶対に繋げなかったらしいが、サンダースーにはとても懐いていた。ところが、このサンダースーが勇助おじさんに内緒で、こっそり仕事を請け負って小遣い稼ぎをしていたのである。それに気づいた勇助おじさんは怒り心頭。すぐさま平良鼻白を売り払ってしまった。馬好きのサンダースーは平良鼻白の首を抱いて大泣きに泣いた。

勇助おじさんは佐賀県出身の「ミツ」と結婚し、一女「キヨ」を儲けている。ミツは沖縄女子刑務所の刑務官長だったが、どういう経緯で結婚に至ったのかは分かっていない。父はその方を「奥さん」と呼んでいた。

「イキガヌ、ジュリコーヤー」という島言葉のとおり、財力のある勇助おじさんは遊郭街で知られた辻町に馴染みのチミジュリ（遊郭の女性を部屋ごと囲うこと）がいてそこで寝泊まりし、めったに家に帰ることはなかった。

ある日、奥さんはサンダースーに二円持たせて夫を迎えにいかせた。ところが勇助おじさんは五十銭をサンダースーに小遣いとして与え、残りを取り上げた。手ぶらで帰ったサンダースーは奥さんにひどく怒られた。夫婦仲は上手くいってなかったようだ。

父は奥さんの笑った顔も、夫婦で会話する姿もあまり見たことがなかった。一階には奥さんと娘の部屋、イリチリー（住み込み）の女の子の小部屋。父は二階の勇助おじさんの部屋を使わせてもらっていた。一人娘のキヨちゃんは二歳年上だったが大切に育てられ、おとなしい人だったという。そんな勇助夫婦の元へ父は引き取られたのである。

勇助おじさんは、光雄を手元に引き取りたい、と前々から考えていたらしい。ため池事件はそのきっかけに過ぎなかった。父の気の強さだけでなく、九歳の子どもにしては大胆な手口に「このままでは、碌な人間にならない」と父の前途を憂慮したのもあるが、何よりも重保夫婦に呆れ信頼していなかった。嘉数家の大事な後継者である「光雄」を、この夫婦には任せられないとの思いを常日頃から抱いていたと思われる。

嘉数家三男、勇助。明治八年生～昭和十一年逝去。享年六十一。

10　光雄、那覇へ行く

当時の沖縄では重保やウシのように標準語が話せない、読み書きも出来ない人が多かった。そのために誤解や不利益、差別を受けたりすることが多々見られた。

皇民化教育。近代化を急ぐあまり、他県では見られない極端な標準語励行と方言撲滅運動が遂行されたのである。学校では方言を使うと罰則として「方言札」を首から掛けさせられた。

戦後生まれの団塊の世代の私たちまでは、学校からの帰宅後は方言、島言葉で生活していたので聞き取りはできるものの、方言で話せる自信はもうないし話す場面もない。生活の場で使わなければ言葉は消えていく。芸能など一部の世界で島言葉は残ってはいるとは言え、肝心の地域や家庭ではみな標準語である。沖縄の方言文化がこうも早いスピードで消えていった背景には、教育のなせる業も大きい。

父の話では、教室で最初に方言を使った生徒に先生が方言札を首に掛ける。放課後までに方言を使った他の生徒を見つけ出して方言札を渡さないと、掃除をさせられたり廊下に立たされたりと、罰を与えられたそうである。子ども同士を監視させるようなものだ。

方言札をぶら下げた生徒も必死である。他の生徒を追いかけまわし隙を見て、耳を引っ張ったり腕をつねったり、時には蹴ったりして痛い目にあわせる。島の子どもたちは痛さのあまり「アガッ！」と叫ぶ。「アイタッ！」ではない。その瞬間「今、方言使った！」と、方言札をバトンタッチ。逃げ足の遅い子、気の弱い子には辛い学校生活だったであろう。

昭和四年四月、母ウシに「那覇の勇助おじさんの所に行けば、白いご飯が食べられるよ。ダァー早く那覇へ行こう！」と言われ、父は泣き泣き勇助おじさんの家に向かった。一週間ほどは毎日泣き暮らしたという。

父は那覇市の中心地にある男子校、甲辰《こうしん》尋常小学校に転校する。生徒は公務員や議員、本土からの現地駐在商社員、会社経営者などの裕福な家庭の子が多く、まさにあか抜けた都会の男子校だった。やや小柄でまともな標準語も話せない田舎丸出しの父は、さっそく転校生としての洗礼を受ける。

「目取真」という姓の男性教師がいた「メドルマ」だが、生徒たちは陰で「ミンタマー先生」とあだ名をつけていたが、それを本名だと父に思い込ませたのだ。ミンタマー。目玉の大きい人をからかう島言葉である。

ある日の授業中のことである。目取真先生の質問に負けん気の強い父は「ハイ！　ミンタマー先生」と、元気よく手を上げた。カッとなった目取真先生は教壇から駆け下りて来た。一発、拳骨を食らわせてやろうとしたのだろう。

摑みかかろうとする目取真先生。運動神経の良かった父はパッと教室から飛び出し、運動場へ逃げ出した。学校中が大騒ぎの中、グルグル追いかけっこが始まった。当時五十代だった目取真先生はすぐに音を上げ、若い体育教師にバトンタッチ。

小学校の裏手には久茂地川が流れていた。那覇港にそそぐ二級河川で干満の差が大きい事で知られ、今でも時々サメが潮に乗って現れては新聞を賑わせている。

素早いといっても、まだ九歳だ。捕まりそうになった父は校門から飛び出した。先生が追いかける。久茂地川にかかる橋の上で追いつかれた父はなんと「ドボン」と川に飛び込んだ。まさかの出来事に仰天した先生もドボン。

地域の人も巻き込んでの大騒動になってしまったが、普段から轟川の滝つぼで泳ぎ慣れていた父である。無事、学校に連れもどされたが叱責されることはなかった、と記している。

当時はどの家でも黒い島豚「アグー」を飼育していた。勇助おじさんも石積みの豚小屋で数頭のアグーを飼育していたが、その豚小屋の掃除は父の仕事だった。週末になると、湿って重たい豚の糞を一キロほど離れた畑まで運ばされた。肥料である。子どもの足では遠く、特に夏は臭くて大変だったと語っている。

その仕事を怠けると奥さんにほうきで叩かれたが、気の強い父である。父もほうきで抵抗しては怒られた。また、奥さんたちは卵を食べるのに父には食べさせてくれなかった。こっそり盗んで食べては正座させられて怒られる日々だった。

遊郭に「チミジュリ」を囲って滅多に帰宅しない夫、仕事の傍ら手のかかる甥の面倒まで押し付けられた奥さんも大変だっただろう、と推測せざるを得ない。無表情で無口な奥さんと娘のキヨちゃんとの暮らしが続いたが、父がめげることはなかった。

大正三年、軽便鉄道が敷設された。その噴き出す蒸気やきしむ車輪の音から「シッタン・ガラガラ」と親しく呼ばれていた。土曜日の授業が終わると、父は那覇駅から軽便鉄道に乗り込み、豊見城村の真玉橋駅で下車。徒歩で平良の実家に向かった。父のノートには、片道一時間半もかかったと記されている。帰宅するとすぐに重保を手伝って農作業や家畜の世話に追われ、また村の友だちと遊びまわった。子どもながらに多忙な生活を送っていた父だったが、学校生活も逞しく楽しんでいたようだ。

生活に不自由することはなかったが、お小遣いが全くなかったことには我慢出来なかったという。裕福な子の多い甲辰尋常小学校の周りには駄菓子屋が多かった。遠足や運動会などの学校行事には、お菓子代として小遣いを持っていく事が許されていたが、奥さんは父には全く気遣いしてくれなかった。そこで、自分で稼ぐことを考えたのである。

奥さんに買い物に行くよう頼まれた時に一銭でも安い店を探しだして、こっそりお釣りをごまかして小遣いにした。まれに勇助おじさんが帰宅した時は卵を買いに行かされたが、遠くの安い店まで買いに走った。卵が一番貯まったという。高学年になると、その稼ぎ方も大胆になっていった。

島では十月初めの寒露をすぎるころになると、中国や朝鮮半島から越冬のため東南アジアに渡るサシバの群れが大挙してやってくる。今ではその数も随分少なくなっているが、私の子どもの頃には空いっぱいにゴマ粒を蒔いたようにサシバが飛び交っていたものだ。とくに明け方の温まった上昇気流に乗ったサシバの群れが、らせん状になって空高く舞い上がっていく鷹柱は圧巻だった。

その季節を村中の男の子たちはワクワクしながら待っていた。大城森でサシバを捕らえるのである。大城森の琉球松の林は、サシバのねぐらとして最適だったのだろう。サシバの捕らえ方は二通りあった。年長の子たちは夕方も遅い時間に、仲間で鳥刺しに向かった。長い竹の先に鳥もちをたっぷり塗って下から刺すのである。しかし、夜間に山に入るとハブもでる。

島にはサトウキビ畑に住みつく、とても小さくて可愛らしい「鷹エンチュ（鷹鼠）」と呼ばれるネズミがいた。そのネズミを捕まえ仕掛けを作る。板の切れ端で四角い台を作り、鳥もちをたっぷり塗った頑丈な糸で囲う。真ん中に釘を打ち付け生餌にするのである。足を縛られたネズミは逃げようと必死にグルグル動き回る。それを狙ってサシバが降りてくる。

鷹エンチュでサシバを捕まえた父は、勇んで学校へ持っていって見せびらかした。その最中に、担任の棚原先生が来たので慌てて教卓の下に隠したら、サシバが「バッタイ、バッタイ！」と大暴れした。突然の出来事に仰天した先生は教壇から転げ落ちてしまい、父はとても怒られたそうである。

島の伝統文化として「闘牛」が知られている。大会が近づくと出場する牛や飼い主の紹介で、新聞紙上が賑やかになる。しかし、今では動物愛護で目にすることもなくなったが闘鶏も流行っていた。島では「タウチー」と呼ばれる蹴爪の鋭い鶏、軍鶏を戦わせる賭け事の一つである。商店街の道端では昼間から、闘鶏の賭け事が行われていた。

父は放課後になると、同級生とサシバを抱えてハンミー（露天商の男性）たちがたむろしている商店街へ繰り出した。小学生が闘鶏で小遣い稼ぎである。大きな差し傘の下でハンミーたちに取り囲まれ、サシバと少し小さめの軍鶏の戦いの真っ最中に巡査が取り締まりに来て、慌てて逃げだしたことも度々だった。

父は甲辰尋常小学校を卒業。そして那覇尋常高等小学校、開南中学校へと進む。同期生からは県知事や国会議員、県会議員など、また多くの企業経営者を輩出している。その同級生たちを帰り道で集めては、砂場で相撲をとらせて遊んだ。やや小柄で田舎者だったが、空手を習い負けん気の強い父にみな逆らえなかったのであろう。

五十代のころ同窓会があり、酒を飲んで酔っ払ったある国会議員から「エー、光雄。あんたは私たちに無理やり相撲とらせたよね！」と、絡まれたこともあったらしい。その話をする父は楽しそうだった。

11　恩師　又吉眞光《またよししんこう》

島には、戦後しばらくまで村々を歩き回る職人たちがいた。

よく知られているのは、既婚者や結婚前の女性の両手の甲に入れ墨を入れる職人、ハジチ師である。祖母ウシの両手の甲にも伝統的な縁起の良いハジチが入れられていた。また穴の開いた鍋や釜を修理するナービナクー、リヤカーを引いて鉄や銅を買い取る業者。そして本人そっくりの肖像画を描くプロの職人絵師たちである。まるで青みがかった写真のように描かれている。

実家の欄間にも「重保とウシ」の肖像画が掛けられている。しかし、平成にもそういう絵師がいたのには驚いた。生涯、兄「勇」の死を悼んだ父は大金をかけて庭に兄の名を刻んだ石碑を置いたが、絵師に頼んで自分と兄の肖像画を描かせたのだ。

父の寝室だった部屋にはその絵が今も飾られている。兄の勇はガジュマルの大木の下で、右肩に鶏のチャボを乗せてほほ笑んでいる。父は空手着に身を包んで、やや斜め上を見据えて構えている。そして、客間の床の間には儀間真常の六尺棒と、恩師「又吉眞光」先生の肖像画が掛けられている。

又吉眞光。初代金硬流唐手古武術の開祖。武術家として沖縄空手史にその名を遺している。その父である又吉眞珍も古武術の大家で、息子の眞光も幼少期から武術に親しんだ。

又吉眞光は、那覇で茶業を営んでいた友人、呉賢貴の影響を受け中国武術に魅せられ、十七歳で樺太、満州など中国各地を渡り歩いた。満州では馬賊と行動を共にし、実践的な武術を身に着ける。福州で呉賢貴の父の呉光貴を通して生涯の師となる「金硬老子」と出会う。様々な拳法の指導を受けるが、中でも「打人法」が極意とされた。打人法は人体を殺傷してしまうほどの危険なものだったという。

大正五年、京都武徳殿で船越《ふなこし》儀珍《ぎちん》とともに演武を披露。昭和三年には明治神宮、大礼祭で模範演武を行い叙勲している。その後も度々福州に渡り学び続け、師である金硬老子から金硬流の武神「光明大元帥」の掛け軸「天地」二巻を授けられた。那覇で貿易商をしながら他の武術家たちと交流、また門弟の指導など、沖縄空手の普及に功績を遺した人として高く評価されている（参照　沖縄空手古武道事典五一七ページ）。

父は軽便鉄道那覇駅の近くにある勇助おじさんの家から学校に通っていたが、その登下校路に又吉眞光先生の自宅兼道場があった。そこで娘や数名の門人たちに「手」を指導していた。洗練された都会っ子の同級生の中で、「身体が小さく田舎者」との強い自我と自負心を持っていた父と、「手」との運命的な出会いだった。父の回想ノートに恩師、又吉眞光先生との出会いが詳しく書かれている。

下校時にいつも道場の窓から練習風景を覗く小柄な少年。そのうちに覗くだけでは物足りなくなったのだろう。窓の外で「エイッ！」と声を出して型の真似事をするようになり、それが数ヶ月も続いた。

そんなある日、又吉のターリー（年配の男性に対する尊称）は父に声を掛ける。
「エー、ワラバー。イヤーヤ、ティ、ナレーブサミ？」
「そこの子どもよ。君は手を習いたいのか？」という意味である。又吉眞光先生三十二歳、父、光雄十二歳だった。

十二歳の光雄にとって「手」とは、ただ単純に「強く」なるための手段だった。武術としての道を究めるとか、人格を磨くとかではなかった。父はよく「身体が小さかった」と言っていたが、娘の私から見れば当時の男性としてはごく普通の身長に見えた。父の負けん気の強さがそう思わせたのであろう。身体が小さい田舎者の貧乏人だと他人からなめられないため、世間と戦うために父の道場通いは始まったのである。

本家の小太郎おじさんは「百姓が手をならってどうするつもりか！　ヌスルヌアトゥヤ立ッチン、武士ヌアトゥヤ立タン（泥棒の跡継ぎは誰でもできるが、武士の跡継ぎは容易いものではない）。無駄だ。すぐ止めなさい」と説教したが、父は小太郎おじさんの忠告など全く意に介さず、熱心に道場に通った。もともと天賦の才があったのだろう。又吉先生も「この子は！」と見込んだのか、愛情を注いで指導し育ててくれたのである。

当時は、流派の技や門弟を囲い込むようなことはなく、度量が広い世界だった。父を棒・サイ・鎌などに優れた「武士」の元へ積極的に紹介し、教えを乞いに行かせた。「武士」とは、優れた「手の使い手」に対する尊称である。又吉先生の後押しもあって、父の「手」の世界は大きく広がっていった。

その中に、「ムトゥブサールー（本部の猿）」と呼ばれた「本部朝基《もとぶちょうき》」もいた。大正十年、朝基五十一歳。たまたま京都を訪れていた朝基は、ボクシングと柔道の興行試合に飛び入りで参加。外国人ボクサーを一撃で倒し、沖縄空手の名を一躍全国に知らしめた伝説的な人物である。

又吉先生はとても父を可愛がった。中学校を中退した父が経済的に苦しいことを思いやって、いろいろ気を遣ってくれている。父の回想ノートからもそれが良く分かる。

家に帰って馬車ムチャー（荷馬車を使った運送業）をしていた頃、又吉のターリーに呼ばれた。ターリーは警察官たちにも「手」を教えていた。ターリーの家で警察署長たちの宴会があるので「ヒージャー（山羊）を一頭殺してくれ」と言われ、近くの墓の庭で木から吊して殺し、こんがり焼いて解体した。臭い腸などもきれいに洗っているうちに日も暮れてきたが、山羊の耳を洗う時間がなかった。適当に洗って、急いで大鍋でヒージャー汁を炊いて持っていった。署長たちはそれを食べた。

翌日、手間賃を受け取りに行ったつもりだったが、又吉のターリーに「光雄、ウマンカイクーワ（ここに来い）」と、正座させられた。ターリーは女中に命じて「エー、ヒージャー汁、持ってこい」

「光雄。イヤーヤ、チュウジュウク（お前は丁寧に）洗わなかっただろう。口の中には皮が残り、耳は耳くそだらけ。沖縄の警察署長たちに、イヤーヤ、何を食わせるのか！」と、きつく叱られたが、よほどおかしかったのか、笑いながらお金をちゃんと渡してくれた。

山羊はにおいがきつくて、丁寧に洗わないと臭くて食べられない。また昔は個人で家畜を殺すと「ヤミ殺し」といって罰金を取られたが、警察署長たちは知っていて食べたのか、自分には今でも分からない。

又吉先生との出会いがなければ、父の光雄はただの「ボーチラー（手に負えない人）」として終生終わったかも知れない。父は何度も家を建て替えているが、その床の間には常に眞光先生の肖像画が掲げられ、六尺棒が立てかけられていた。もし又吉先生の棒だとしたら、先生はどういう思いで父に授けたのか？　それはいつか？　次兄も記憶にないとの事である。ただ父は他の武具よりも「棒」の鍛錬に熱心だったことは確かだ。昭和二十一年十二月下旬に父は長崎港より帰還。その翌年に又吉眞光先生は亡くなられている。

恩師、又吉眞光。明治二十一年生～昭和二十二年逝去。享年五十九。

12　開南《かいなん》中学校中退

放課後は又吉先生の道場通いや同級生との遊びに、帰宅すれば奥さんの手伝いに追われ、そして週末は父・重保と農作業にと、忙しい父が勉強に身を入れる暇はなかった。回想ノートにも「勉強も一番になりたかった」など一文字もなく、私も父から成績のことなど聞いたことがない。

　昭和十一年、那覇尋常高等小学校を卒業した父を、勇助おじさんは私立「開南中学校」に進学させる。近くに「二中」と呼ばれた県立の名門校があったが、子どもながらに多忙な父の学力では当然難しかったのだろう。開南中学校は県内唯一の私立中学校として創設されたばかりの学校だった。

　しかし、開南中学校はわずか九年で廃校となる。太平洋戦争中の昭和十九年夏には陸軍病院として接収され、その年の沖縄を襲った十・十空襲で焼失。また学徒兵として多くの生徒たちが動員され若い命が奪われた。今では開南中学校があったことを知る人も少ない。

　父はその開南中学校一期生として入学したが、卒業することはかなわなかった。子どもながらに多忙だが充実した日々を送っていた父に、突然の不幸が訪れたのだ。

　勇助おじさんが、遊郭のチミジュリの部屋で亡くなったのである。急性盲腸炎だった。光雄十六歳。勇助おじさんは六十一歳だった。

　奥さんのミツは娘のキヨちゃんと共に、故郷の佐賀県に戻ることになった。那覇市内の家を売却。重保と兄の小太郎は、嘉数家の財産を守るため、また将来の仏壇後継者のためにと、村にある勇助おじさん名義の農地や山林を、重保の名義で購入することにした。そのために、重保はあちこちから多額の借金をしたのである。

父はしばらく村から那覇の学校に通ったが、経済的な余裕もなく、またあまりにも交通の便が悪すぎた。重保も六十六歳。当時は六十歳からは年寄り扱いで村作業も免除されていた。中学校の修業年数は五年間である。若くして家長の責任を背負った父は「開南中学校」中退を決意する。父は入学したばかりの一年生だった。

しかし、私は中退したことを悔やんだりする言葉を父から聞いたことがない。回想ノートには次のように記されている。


数え九歳の子どもであった自分を、那覇の勇助おじさんのところへ行かせたことは、有難い。ジィさん、バァさん、勇助おじさんにとても感謝している。勇助おじさんがいたから、「手」も棒術も習えたし、学校にも行かせてもらった。那覇に知り合いもたくさんできた。

今でも悔やまれてならない事がある。学校の工作の時間に作った「孫の手」を家に帰った時にジィさんにあげた。勇助おじさんがとても孫の手を欲しがっていたのに…。あの時あげれば良かった。その事をとても悔やんでいる。

当時の義務教育は尋常小学校の六年間だった。その義務教育さえ受けられず、読み書きどころか標準語もろくに話せない人たちもいた。平良部落で中学校に進学した子は父以外にいなかった。かつての学友たちはどんどん上級学校や県外へ進学していく。

父が中学校中退を嘆いたことはなかったが、負けず嫌いの父である。勇助おじさんの突然の死によって訪れた不運。受け入れ難いものがあったのではないか。経済的にゆとりのない父が、ハワイの義姉の子である甥の常男を開南中学校に進学させていることからも父の無念さが伺われる。

13　かけ試し

開南中学校は中退したが、父は「手」を止めようとは全く思わなかった。農作業を終えた夕暮れ時、馬に乗って那覇市の小禄街道を通り、国場川、奥之山の浅瀬を渡って又吉先生の道場へ通い続けた。父の才を高く買っていた又吉先生は道場だけではなく、棒術を教えるために夕暮れ時の墓庭で待っていたことも度々だったと言う。

島の門中墓の庭は広い。島では他県とは違いお墓参りは年に二度。旧暦三月上旬から始まる「シーミー」清明祭、そして七月の「タナバタ」である。シーミーには門中一族がうちそろって重箱に詰めたご馳走を持ち寄り、ご先祖にお供えする。その後、広い墓庭でピクニックのように重箱を広げ、親族の交流、親睦会が開かれる。

隣近所への遠慮も必要なく、また広い墓庭は棒術を教えるのに最適だった。六尺棒だと、振り回すのにかなり広い場所が必要だ。

十代後半。自分の力を試したくなる年頃でもある。父は名の知れた武士の元へ出かけてはかけ試しを始める。一度も負けたことがなかったと自負している。

「かけ試し」とは、道場破り、他流試合みたいなものである。「ムトゥブサールー」と呼ばれた本部朝基も型中心の「手」で飽き足らなくなり、遊郭や町の辻に立ってのかけ試しで、一躍名を成した武士だった。まさに実戦である。

私が、父から聞いた話である。

戦前は若い男女が夜になるとモーアシビー（毛遊び）をしていたが、平良は他村から若いものが入り込んできて大変だった。モーアシビーとは、昼間の厳しい農作業を終えた独身の若者たちが村はずれの原っぱに集合し、三線を弾いて歌い踊り交流することである。他部落の人は入れず、同じ部落の若者たちで遊ぶのが慣例だった。

昼間でも他村の人が行くのを躊躇するほど気の荒い村があった。暴力団とも関わりのあるという青年を先頭に、夜になると酒を飲んでは大声で歌いながら他部落をのし歩いた。傍若無人でやりたい放題だった。

春日八郎さんの昭和のヒット曲「粋な黒塀、見越しの松に…」と聞こえてくる歌を、子どもの私はその部落の青年団歌だと思い込んでいたほどだ。平良部落は戸数も青年も少なかった。隣村の青年たちを恐れて、女子どもは夕暮れ時からは外出もできず、村の常会も開けないぐらいだった。

ある夏の夕暮れ時。那覇から帰宅した父が休む暇もなく馬の餌を刈り取っていた所へ、その青年たちが徒党を組んでやってきた。父が「手」をやっていることを聞きつけて、かけ試しに来たのだ。十人ぐらいで「クルスン（やっつける）」と、父を取り囲んだ。多人数を相手にする不利を承知していた父は、これはと思う暴力団がらみの青年に一対一の試合を申し込む。ものの二分もかからず決着が着いてしまった。

相手は今まで誰にも負けたことがなかったらしい。その夜、仲間三人で棒やヌンチャクを持って父の家に踏み込んできた。家族もいる。すぐに六尺棒を取り家の外に出た。棒を持った父を見て青年たちは逃げ出していったが、父はそのまま隣村まで追いかけた。シーンと静まり返った部落の中を、翌早朝まで一軒一軒捜し歩いたが誰も出て来ない。警察沙汰になったが「平良ヌ光雄ヤ武士」と、その後一躍有名になってしまった。

その事件があってから平良にはその青年たちは来なくなったが、ただ困ったことに父の評判が広まり、かけ試しに来る者たちが後を絶たなかった。中には包丁や鎌など刃物を持って来る者もいた。

第二補充兵だった父は昭和十九年七月、二十三歳で招集される。配属された長崎佐世保第一海兵隊での話である。父はとても記憶力がよく、名前は言うまでもなく、年齢、階級、出身地、でき事など、その場面を詳細に覚えており、まるで昨日のように語った。

当時、沖縄県出身者は「日本語もろくに話せない」などと、軍隊の中でも大変な差別を受けていた。海軍大佐だった人だが、あまりにも「沖縄人」とバカにするので、食事当番の時にお汁に頭のフケを入れて下痢させた、と父は笑って話した。

また、やはり県出身者をあからさまに軽視していた上等兵とケンカしたこともあった。この人は柔道の猛者だったので、その時は組んで負けてしまった。負けず嫌いな父は「どうしたら勝てるのか」と、相手やその技を徹底的に分析し対策を練ったのである。柔道家と組んだら不利になる。父は再度ケンカを申し込んだ。今度は絶対に組まさないように距離を置き、隙をついて相手の顔面を手の甲で打った。一瞬の勝負だった。上等兵は吹っ飛んで激しく床に叩きつけられ痙攣し、起き上がれなくなった。この後、内地の兵隊たちは県出身者に手を出さなくなったという。

父はその話をした後に「もう、かけ試しやケンカの話はしたくない」と口を閉じた。負けず嫌いの父は、若さに任せて徹底的に相手を叩きのめしたのではないか。やり過ぎたとの、悔いの念があったのだろう。

14　父の結婚

昭和十二年、日中戦争勃発。

昭和十三年、国家総動員法制定。

父、光雄十八歳。不穏な空気が漂う中、本家の小太郎と重保はただ一人の仏壇後継者である光雄の嫁探しを急いだが、あまりにも貧しすぎた。年老いた重保夫婦にハワイ移民した義姉の子ども二人も養っている。本家の手伝いもある。その話を「宜保」の宮城さんが聞きつけた。宮城さんは苦しい時に助けてくれた小太郎兄弟の温情を決して忘れなかった。

小太郎、重保亡き後も二人の眠る門中墓の前を通るたびに手を合わせていたという。

光雄の誕生から二ヶ月ほど遅れて、分家に女の子が生まれた。三女「トミ」である。宮城さんは「この子は、上ヌミーヤ小の光雄の嫁にする」と引き取り、我が子のように可愛がった。トミは宮城家と実家を行ったり来たりして、のびのびと育った。末っ子の叔母さんは、長い間トミが姉妹だと気づかなかった、と話している。

トミは、読書好きで勉強好きだった。成績も良かったらしく、教職を目指して女子師範学校に合格したが、父親は「女子に教育は不要」と、進学を断念させている。

母の両親を、私たちは「宜保のオジィ、オバァ」と懐いて、母とよく泊まりに行っては可愛がってもらったものだ。宜保のオジィは農家としても先駆者だった。戦後はセロリやレタスなどの西洋野菜をいち早く栽培、米軍基地内のスーパーにも出荷している。

私たちが来ると、オバァは部落の売店でオレンジジュースとクリームパンを買ってくれた。滅多に口にすることはないオレンジジュース。それも一人一本。オジィは「寝付けないだろう」と心配して、一緒の布団でギュッと手枕をして寝かせてくれた。

そんな愛情深い両親でも女子の進学に無理解だったのは、時代のなせる業だったのだろう。

トミと光雄との結婚話が持ち上がった時、貧しい家に嫁ぐことを危惧した親戚の方が「上ヌミーヤ小はヒンスームン（貧乏人）。女親はユタコーヤーで、評判も悪いよ。あんなところに娘をやるのか！」と、わざわざ忠告しにきたぐらいだ。

形ばかりの結婚式の場で二人は初めて顔を合わせるのだが、当時としては珍しい事ではなかった。十七、八歳は結婚適齢期でもあった。また戦時中という事もあって結婚を急ぐ家も多かった。

トミは幼い頃から「平良の光雄の嫁に」と育ての親である宮城さんに言われ続け、また宜保のオジイも本家に逆らうなど考えてもいなかっただろう。娘を育ててもらった恩もある。それ以上に「平良ヌ光雄ヤ武士！」という評判がトミの耳にも入っていたのではないか。長年「手」で鍛えた父は、体全体に何かオーラを漂わせていた。

私が中学三年の時、珍しく父が進路相談会に来た事があった。父は着古した農作業服にわら縄をなったベルト姿だったが、なんだか粋だったのを覚えている。父はその手作りの縄ベルトを長年愛用していた。

九十歳ごろだったか。コンビニで父と買い物をしていた時、同年配のご婦人が「光雄さん！」と、うれしそうに話しかけてきたことがある。

「平良の光雄さんですよね！　私は若いころ、あなたに憧れていたよ。逢えて良かったです」

思いがけない出会いに娘心に帰ったのだろう。父の手を握りしめてきた。父もまんざらでもなさそうな顔をしている。高齢の二人のほほえましい光景だった。

昭和十三年十一月五日。長男誕生。十一月八日入籍。

ところが、トミは入籍と同時に「侑貴子」と改名させられている。ユタがトミでは光雄と相性が悪いと宣託したからだ。侑貴子。当時としては珍しく上品な名前ではあるが、宜保の両親や姉妹たちは生涯、トミで通している。嫁ぎ先の平良部落では「上ヌミーヤ小のユキ」と呼ばれていた。家族も本人もユキだった。私も侑貴子よりユキの方がしっくりくるので「ユキ」と記す。

収入が不安定なサトウキビではやっていけないと、父は馬車ムチャーを始めた。とにかく現金収入を得るのに必死だった。父の奮闘記が始まる。母ユキもよく頑張った。平良の友人たちも「光雄は、ヒンスームン（貧乏人）から、島尻一のお金持ちになった。結婚もできないと思っていたのに…」と、話している。「島尻」とは本島南部の事である。父のノートには次のように記されている。


片目の安い馬を六十三円で買ってきて、馬車ムチャーをした。みんなは二十円だったが、自分は半分しか荷を積めなかったので十一円五十銭だった。初めて儲けたお金をジィさんにあげたら、手を合わせて受取り仏壇にお供えして喜んだ。ジィさんはこんな現金を持ったことがなかった。ジィさんはとてもヒンスーだった。貧乏は怖いよ！　ヒンスーは自分とジィさん、二人で十分！　自分の子どもたちにはヒンスーさせたくないと頑張った。ヒンスーすると、人も離れ、知恵も離れていく。手ぬぐいも何度も洗って使ったので真ん中から破れた。そこを針で縫い留めてボロボロになるまで使った。

雨の日は、他の馬車ムチャーたちは酒を飲んでは賭け事をしたりして遊んでいたが、自分はカッパとゲンノウ（金槌）を買ってきて、丸太に五寸釘を打ってキーヤーマ（籾摺り機）を作って売って儲けた。

金儲けもジンブン（知恵）も人には絶対に負けない。煙草も酒もやろうと思ったことは一度もない。子どもたちには、絶対、自分のような思いはさせたくない！

馬車ムチャー仲間四人で、島尻の前平良村からウージ柄（砂糖を絞った後のサトウキビの柄）二百束を買って、みんなはそのまま那覇に売りにいった。一束が三銭だった。自分は家に寄ってお母（ユキ）と一緒に、知人の玉城さんの家に行き、三束を五束に作り直して、一束五銭で国際通り松尾の豆腐屋に売ってボロ儲けした。

帰るのは真夜中になったが、お母は初めての子を妊娠中で馬車に乗せたら危ないし、また見つかったら罰金を取られたので二人で歩いて帰った。玉城の奥さんは具志頭出身の人で、自分とお母を可愛がってくれた。この奥さんは、お母を「ウトゥマサイトゥジ（夫より優れた妻）」といつも褒めていた。

ある雨の日、馬車に乗っているとカッパを着た巡査に呼び止められた。名前を聞かれ「東風平《こちんだ》の知念《ちねん》」と名乗った。そのまま行くと、また別の巡査に止められた。「今、止められたばかりの知念だ」と言った。その日、知念さんはサトウキビ畑にいたが後で警察から呼び出された。「エー、光雄。お前だろう。あんたのせいで、二回も警察に呼び出されたさぁ」と、呆れて笑っていた。

当時、煮炊き用の薪は本島北部の伐採木を購入していたが、火付け用にはウージ柄を乾燥させて使っていた。また、人が馬車に乗ることは禁止されており、馬車ムチャーでも手綱をひいて徒歩である。馬車に乗ると一円五十銭の罰金を取られた。父はけっこう楽しく逞しく生活していたようだ。

15　父、再び那覇へ出る

村屋（公民館）の茅葺きをしたとき、村のハイサシ（書記）だった自分は屋根に上り電線で竹を挟んで締め付ける作業をしていた。男性は茅を葺き、女性は昼食代わりのたくさんのカステラを作った。茅も葺き終え「立派になったなあ」と屋根から下りた瞬間、家が急に傾き始めた。「おかしい?」と見つめていたら突然、倒壊した。近くにいたオジィが首を挟まれて心臓が止まってしまった。

電線なので鎌で切ろうとしても切れない。慌てて村の産婆さんを呼んで人工呼吸をしたら生き返った。あと半時間でも遅かったら死んでいただろう。たくさんのカステラは誰も手を付けず、どうなったのか。このオジィは村でも資産家で気難しい人だったので、後で大騒ぎになった。村の書記をしていた自分も巻き込まれて大変だった。(父のノートより)

父は十八歳から部落の書記をさせられ、とても忙しかった。「書記」とは部落の雑用係みたいな役職である。有線放送などない時代だ。家を一軒ずつ回っては村作業の手配、お金の徴収から連絡まで、とにかく手間暇がかかり時間を取られた。

父のノートには、役場で他部落の書記手当てを聞いたところ、一番安い部落でもひと月二十円だったと記されている。だが平良の書記手当てはわずか五円だったのである。父は区長に手当の値上げ交渉をした。

「自分も五円でやったので、今まで通り五円だ。値上げはできない。若い者が書記をやるのは当たり前だ！」

それから区長と二人で言い争いになった。結局、部落の役員たちを集め「常会」を開いて話し合いになったが、父の言い分は通らなかった。家族を養わなければならない。

「書記の仕事が忙しくて、これでは生活が成り立たない。だったら書記を辞める！」

気の強い父はその場に書類を放り出して帰った。しばらくして、村から配給を止められてしまった。役員たちは配給を止めれば、詫びを入れてくると思ったのだろう。

太平洋戦争前の昭和十五年。食糧事情が悪化。すでに米の配給制度が始まっていた。ヤミ米はとても高くて手に入らない。父は以前から那覇へ出る事を考えていたらしい。相場に左右されるサトウキビだけでは、その日その日を食べさせていくだけで精いっぱいである。那覇へ出て成功した勇助おじさんの影響もあったのだろう。

父は村と縁を切り、サッサと那覇へ出る。市内の松尾に部屋を借りて、サトウキビの運搬、埋め立てや港への貨物運びなど、馬車ムチャーを始める。働きづめの生活で家に帰るのは雨や仕事のない日だけだった。そして僅か一年で家の建築費用を貯めたのである。

お金も貯まったのでアカガーラヤー（赤瓦屋根の家）を建てようとしたら、他部落の金持ちが重保の借用証文を持ってやってきた。亡くなった勇助おじさんの土地を購入した時の借金だった。苦労して貯めた建築費用を全部差し出した父は、また一年でその倍のお金を貯めて大城森の麓、上ヌミーヤ小屋敷に念願のアカガーラヤーを建てる。父はまだ二十歳だった。

16　招集令状

昭和十四年。国民徴用令公布。

昭和十五年。二十歳を迎えた父に招集令状が届いた。

村の小学校で徴兵検査が行われる二日前の事である。父は、蹴り癖のある暴れ馬を安く買って請負仕事をしていたが、サトウキビの束を馬車に積んでいる時に突然馬が暴れだし大きなキビ束が吹っ飛んだ。そのキビ束が頭部の片側、それも耳の近くを直撃、大怪我を負ってしまった。

徴兵検査当日には顔半分が腫れあがり発熱、聞こえも悪くなっていた。そのため第二補充兵となったのである。村では「光雄が第二補充兵！　何か人に言えない大きな病気を持っているのでは？」と噂になった。

もし、父が徴兵検査に合格していたら激戦地の満州に送られ生きて帰還することはなかったかもしれない。母ユキのノートにも「満州に送られることもなく、ホッとした」と書かれている。

昭和十六年十月三日。次男誕生。

昭和十六年十二月八日。真珠湾攻撃。

昭和十九年一月十日。長女誕生。

昭和十九年七月五日。再び招集令状が届く。父は二十三歳だった。母ユキの回想ノートに慌ただしい日々が書かれている。


私は、急いで腹巻（千人針）を作り「武運長久」と墨で書きました。平良や隣部落、親戚の女性に頼んで、主人が無事帰還することを祈って一針ずつ縫ってもらいました。

七月七日、村中の人に見送ってもらいましたが、いざ出発と言う時に敵の潜水艦が出没しているとの事で出航が延期になりました。その後二回も出航延期がありました。その最中にも、隣部落の赤嶺さんが乗船三日目に大島沖で潜水艦に撃沈されて亡くなっています。

七月十日。四回目の出航連絡が来ました。主人は「また延期になると思うから、帰ってくるはずよ」と笑って一人で出かけていきましたが、見送る人もなくそのまま出航してしまいました。配属先の宮崎からハガキが届いたときは、本当にホッとしました。

そのハガキによりますと、鹿児島港の近くで先頭を走っていた大きな船が魚雷にやられ、ものの五分で沈んでいったそうです。兵隊さんたちの遺体が浜辺にズラッと並べられ、見るに堪えなかったとの事でした。命拾いをしたような気持ちだったとも書かれていました。

父は、鹿児島県上陸後、長崎県の佐世保第一海兵隊に配属される。父のノートには柔道の猛者とのケンカ以外にも色々書かれている。

長崎の佐世保の海兵団にいたが、馬や牛を使っての土木作業や大砲を載せて陣地に運搬、また寒い中コートを着て倉庫の番兵をさせられた。内地の兵隊は沖縄の人をバカにしていたが、同じ沖縄県人でもたちの悪い人がいた。「カチャーシー（祝いの場などで踊る群舞）を踊れ！」と言われたが「できない。イヤーからモウレー（お前から踊れ）」と言うと、相手は黙ってしまった。

月の明るい夜、仲間を集めて牛オーラセー（闘牛）をしていたら、他の兵隊たちも兵舎から出てきた。みんなで大騒ぎをして楽しんでいる最中、フッと後ろを振り向いたら海軍の大物が立っていた。明日は呼びつけられると覚悟していたが何もなかった。

内地の兵隊同士の中でも差別やイジメがあった。ある大和兵がイジメにあっていた。その人が、暴れ牛に角で突かれてアブシ（畑の土手）に突き落とされた。誰も助けてあげようとしなかった。ひどいと思って助けてあげた。この人は門限に遅れて罰を恐れたのか、井戸に飛び込んで自殺してしまった。生きていれば終戦は目の前だったのに…。

また、真夜中にとても嫌な叫び声がしたことがあった。翌朝、土手の木の枝に死んだ兵隊がぶら下がっていた。棒で頭を殴られて死んでいた。

その後、宮崎県の宮崎航空隊へ転属。翌、昭和二十年二月、鹿児島県の海軍鹿屋航空隊に配属される。航空隊とはいっても、番兵や炊事、牛馬の世話、土木や貨物運搬等の雑用が主で、飛行機の操縦訓練などほとんどなかった。

戦争末期の鹿児島は本土防衛の最前線で、知覧など特攻基地が多い事でも知られている。八月初めのある夕暮れ時のことである。番兵当番だった父は何か異様な緊張した雰囲気が漂っているのを感じた。これは明日、特攻があるかも知れない。

鹿屋航空隊では朝の点呼の時に特攻志願者を募っていた。志願といってもほぼ強制的で、志願せざるを得ない状況を作り出していたらしい。そこで、父は自分から炊事当番を申し出た。炊事当番は早朝起きしなければならないので、みんなが嫌がっていた仕事である。恐れていた通りだった。父は、鋭い勘と強運で死を免れたのである。

17　沖縄戦

　仏壇の地袋の奥から出てきた大学ノートに書かれた、母ユキの二冊の回想ノート。二冊とも古く、いつ書かれたものか分かりようがない。そして戦後の収容所で亡くなった姉陽江の援護年金申請のために、厚生省援護局に提出した「行動経過書」の写しである。この行動経過書には覚えがあった。

　昭和十八年の秋から始まる二冊のノートの書きだしには文学少女だった母の面影が残っている。表現は変わっているものの、ほぼ同じ内容である。二冊とも昭和二十年五月下旬、自分たちで掘った壕から日本軍に追い出された所で中断している。何年か後に再度試みたのだろう。だが、やはり書けなかったのである。激戦地、南部。ユキは記憶の蓋を開ける事ができなかった。

　次の文章は母の二冊の冒頭文である。表現は違えど十月初秋の朝の情景という内容から、書き直したものであることが分かる。

朝六時に起きだして、早速着替えを済ませ、桶を棒で担ぎ水くみに出かけました。さわやかな十月の風が肌に心地よく、澄み切った青空も雲一つなく、長閑な農村の朝のひと時でした。近くの井戸から五回ほど水汲みを終え、さて朝の準備に取り掛かりました。大きな鍋に芋をいっぱい入れ、小さな鍋には野菜をたっぷり入れたみそ汁を作りました。おじいちゃん、おばあちゃん、そして子どもたちも目を覚まし起きだしてきました。

夜が白々と明け染め、秋のさわやかな風が気持ちよく、思わず大きく伸びをする。農家の朝は早く、大きな鍋に芋を炊く。みそ汁を作り、ちょっと菜を作ってゐると、正子と常男が起きてきて手伝う。そろそろ朝ごはんの準備も出来たころ、おじいちゃんが大きな声で「まだ準備できていないのか。今、戦が来たら食べそこなうぞ！」と、いらいらしながらお茶を召し上がる。

昭和十九年七月十日、父「光雄」出征後、島に残された家族に何が起こったのか。
農家の長閑な朝。父との結婚、出征の経緯。隣の高嶺部落に「山部隊」が駐屯し、各家々に兵隊たちが分散して寝泊まりし、上ヌミーヤ小にも北海道生まれの兵隊の村西さん、高橋さん、五十嵐さんという方が割り当てられた。その三人が床の間を占領し、家族は台所や居間で生活して大変だったなど、こまごまとした戦時中の日常で始まっている。

大城森の麓にある上ヌミーヤ小屋敷のすぐ隣に、海軍「橋本隊」の大きな壕が二つも掘られ、家の周りには陣地が構築され始めた。家の石垣も十五人ほどの兵隊たちが来て一言もの挨拶もなく取り壊し始めた。そのうち家も壊されるのではないかと、ユキたちは心配で夜も寝られないほどだった。

部落の人たちからも「一番初めにやられるのは上ヌミーヤ小だ！」と言われていた。大城森は琉球松が生い茂る美しい松林だったが、軍用機オイル松根油や壕の支柱などのためにほとんど伐採されてしまった。しかし大雨が降り、崩落の危険があると大城森の壕の構築は中断。家から離れた森外れの斜面に大きな海軍壕が構築された。ユキは「心底ホッとした」と記している。県道沿いにあった本家ミーヤ小の家屋敷も、陣地構築に邪魔になるといって取り壊されてしまった。

すでに七十歳を超えていた重保は、毎朝家の前に立って作業に向かう兵隊たちに敬礼、お茶や芋などで接待して「兵隊じいさん」と呼ばれ親しくしていた。ある日「立派な壕だなあ」と、知人と二人して海軍壕の入り口付近に入ってみたら、その知人が「スパイ容疑」で連行されてしまった。重保も呼び出された。壕の入り口に「立入禁止」の大きな立て札がたっていたが、二人とも無学で読み書きができなかった。標準語も話せない。当時は方言しか話せなくて、スパイ容疑で逮捕、処刑された人もいた。

ユキは重保に付き添っていこうとしたが、許可されなかった。何とか無事帰された重保は、恐ろしさで三日間高熱を出した。「あんなに親しく世話をしていたのに、連行する説明もなく釈明もさせなかった。軍と言うものは絶対に信用できない」と、ユキは記している。

そして、昭和十九年十月十日の早朝、米軍の空爆機が空を覆い尽くした。沖縄を襲った「十・十空襲」と呼ばれる激しい空襲である。それは九時間にも及び、那覇市の九割が壊滅した。

喜屋武岬沖の戦艦から飛び立った米軍機は、豊見城の空を飛び越えて那覇や首里を急降下で空爆。晴天だのに那覇の空は真っ黒だった。青と黒の対比が気味悪かった。

村の人々は呆然と立ち尽くし那覇の空を見上げていたが、たちまちパニックに陥り避難のために海軍壕に殺到した。しかし兵隊たちが村人を受け入れる事はなく、銃で追い散らされたのである。

ユキたちは、大城森の小さな古い墓穴に避難せざるを得なかった。軍は民間人を守ってくれない。隆起サンゴ礁の島である沖縄には鍾乳洞のような「ガマ」と呼ばれる自然壕が多い。ユキたちは上ヌミーヤ小屋敷のすぐ隣にあるガマを掘り広げ、入り口が崩れた時に備えた脱出口もある高さ二メートル、奥行き四メートルほどの家族用の避難壕を作ったのである。

その間にも、那覇や首里から多くの避難民が、南へ南へと下って来た。母ユキたちも非常事態に備えて芋、南瓜、大根などの切り干し作りや味噌、塩、着替えなどを準備し、いつでも家を出られるように取り掛かっている。

「十・十空襲」以降、村も度々激しい空爆にさらされ、村人総出でやや大きめの避難壕が数ヵ所作られた。夕方になるとピタッと空爆は止む。日中は自分たちや村の避難壕に隠れ、夜間は自宅に戻る日々が続いた。壕での避難は数日続くこともあり、数家族がひしめき合う壕の中はノミ、シラミがたかり、糞尿などの悪臭で耐えられなかったという。

十二月十四日。「日本軍から、子どもや女性、老人を北部へ疎開させるようとの命令が出た」と区長から連絡が来た。ユキは乳幼児を連れて疎開することに躊躇するが、各家庭から必ず疎開者を出すよう強く言われたのである。見かねた重保が「自分が行って様子を見てくる」と、軍が準備したトラックに乗って北部の大宜味村へ出発した。

重保が出かけた翌日から、豊見城村での空襲がより激化する。ユキの宜保の実家も空爆で被災。ユキたちの防空壕へ避難してきた。五日後、重保が疲労困憊して大宜味村から帰宅。ユキはその時の様子を次のように記している。

数え七十四歳のおじいさんが孫たちの身を案じ、あんな戦争の中を食事もなく夜通し歩いて来た。その孫たちを思う気持ち、何とも言えずいつまでも心に留め置く。

「北部はとても静かで敵の空襲もないから、早く準備して疎開しよう」とおっしゃいました。しかし、その日から疲れが出たのか熱が出て、二日ほど高熱が続きました。「自分とウシは残るから、早く、早く！」とせき立てられました。


「幼い子供たちを歩かせるのは無理だ！」と判断したユキと宜保の家族は、急いで馬車を手配。なんとか痩せた馬と馬車を借りる事ができ、荷物をいっぱい積んで家を出た。北部へ向かうには国場川を渡らなければならない。その川に架かっていた真玉橋も一日橋も、空爆で焼け落ちてしまっていた。馬も疲れたのか、ビクとも動かなくなり、仕方なく平良へと引き返さざるを得なかった。ユキの実家の人たちも自分たちの部落、宜保へと帰って行った。

翌年、昭和二十年三月二十三日の早朝。突然、今までにない激しい空爆が村を襲った。即死者やけが人が続出した。その日以来、米軍の空爆機や「トンボ」と呼ばれていた偵察機が飛び交うようになる。ある昼下がりのことである。大城森の畑で芋ほりの最中だった甥の常男は、飛んできたトンボに向かって「エイエイ、オーッ！」と大声で叫び片手を突き上げた。威嚇行為と見たトンボはUターン。ボン、ボン、ボンと常男を狙い撃ちにしてきた。常男は必死の思いで藪の中へ逃げ込んで命拾いをしたのである。毎日が「生と死」の隣り合わせだった。

四月一日。米軍、沖縄本島読谷、北谷海岸に上陸。

五月。島の梅雨入りは早い。ユキたちが大雨の中、村の壕に避難していた時である。連日の豪雨で入り口が崩れ、土砂や泥水が一気に流れ込んできた。アッという間に腰や首まで水に浸かり、多くの村人が溺れ死にそうになり必死で壕から逃げ出している。

本家の小太郎はすでに亡くなっており、家を日本軍に取り壊された妻、カマドとイリチリーの少女二人もユキたちと行動を共にしていた。そこへ両親が南洋に出稼ぎに行き一人残されていた従弟の「昇」もユキを頼って来たのである。昇は十八歳。のちにユキの行動経過書の証人になってくれている。

五月下旬。自分たちで掘った壕で避難生活を送っていたユキたちの元へ、海軍橋本隊の兵隊が来て「敵は首里を占領し、二、三日中に南下する。この壕は軍が使用するから、すぐに南部に立ち退くように！」と、壕から追い出される。

ユキたちは大慌てで位牌など大事なものは庭に埋め、その日の真夜中には準備していた荷物を持って壕を出ている。激しく降りしきる雨の中、大勢の避難民とともに「鉄の暴風」が吹き荒れる激戦地、本島最南端へと追い立てられていった。年寄り三人、十代の少年少女五人、六歳、三歳、一歳四ヶ月の幼児。総勢十二人の命を、二十四歳の母ユキは背負ったのである。

壕を追い出された所で、母ユキの回想ノートは二冊とも中断している。

昭和五十年半ばの夏のことだった。久しぶりに実家を訪れると母が机の上で何か必死に書いている。戦後、中城村捕虜収容所のチュンジュン（仲順）で亡くなった姉「陽江」の援護年金を申請するための書類「行動経過書」であった。

日時や場所の確認などで書類に不備があったり、事実確認のために証人の添付を求められたりして、何度も付き返されたとのことだった。他の人たちは行政書士に依頼しすんなり通っていたようだが、「国」に殺された娘のことは何としても自分の手でやり遂げたい、との母の強い思いだった。

見かねた私は母にその時の経過を詳しく聞き取り、できるだけ事実を客観的に整理した。母も感傷的なことは口にしなかった。行動を共にした従弟の証明書も添付し、厚生労働省援護局に提出、やっと受け付けられたのである。

18 「行動経過書」の写しから

長女、陽江。昭和十九年一月十日生。光雄とユキは、生まれた娘に「陽江（ハルエ）」と命名した。当時はよくあった事だが、役場職員だった人に頼んで出生届を提出。その方が「陽子」と届けてしまったのである。母はそのことを、生涯悔やんでいた。

戦没者の追悼と恒久平和を祈願して、糸満《いとまん》市《し》摩文仁《まぶに》の丘陵に建立された「平和の礎《いしじ》」には「嘉数陽子」と刻銘されているが、上ヌミーヤ小の位牌には「陽江」と記されている。

行動経過書がいつ提出されたのか。私の記憶も曖昧だったので、市役所を通して援護局に問い合わせてみたが不明とのことだった。行動経過書にはたんたんと事実のみが記されているが、豊見城市戦争体験者証言ＤＶＤなどで語り部となった長兄や次兄の記憶によって詳細が分かっていた。

五月下旬に壕を追い出された後「鉄の暴風」と言われた激しい空爆の中、小さなガマ（自然壕）、門中墓、草木が生い茂るウタキ（御嶽）や拝所を転々と逃げ回る日々が続いた。

四日目に糸満市喜屋武《きゃん》部落にたどり着く。大きめのガマを見つけホッと一息ついていると、すぐに日本兵がやってきて銃を突き付け「ここは軍が使うから、出ていけ！」と、またも追い出される。壕を出ると同時に、激しい集中空爆に襲われる。

満州で日本兵だった平良部落の男性に「みんなで死のう！」と手りゅう弾を渡されるが「死ぬなら、平良で死ぬ！」とユキはきっぱりと断っている。その男性の自決で二人の村人が巻き込まれて亡くなっている。

お昼の十二時ごろになると、ピタッと空爆が止む。戦艦の甲板から海に飛び込み遊泳している米兵の姿が遠くに見えた。ユキたちはその間に大慌てで食事の準備をしたり、避難場所を探したりの日々を過ごしている。大雨でグッショリ濡れ、疲れ果てて民家の石垣の陰に座り込んでいるユキたちを見かねて、納屋と温かい芋を提供してくれた方がいた。「とても有難かった」と、戦後に父と母はその家にお礼に伺っている。

六月十四日、早朝。ユキたちは糸満市伊敷《いしき》部落のウタキにたどり着く。そこは敵機から見えないほど高木が生い茂った深い森で、大勢の民間人の避難場所になっていた。ただ日本兵たちが頻繁に出入りしており敵機に見つかるのでは、と不安だった。

丁度その日の朝、娘の陽江が初めて十歩ほど歩き、戦争の最中ということも忘れ、みんなが手を叩いて喜んでくれた。

その喜びもつかの間だった。夕方四時ごろ激しい空爆と艦砲射撃が始まった。地獄絵図のような光景だった。

行動を共にしていた本家、小太郎の妻カマドと二人の養い子が、爆風に吹き飛ばされて即死。ユキの頭皮をかすめた砲撃の破片が、背中におぶっていた陽江の左肩を貫通。陽江は口からドクドクと血を吐き意識不明となる。甥の常男は腕の肉をもぎ取られ、従弟の昇も膝をやられて歩くのもやっとだった。

当時は怪我を負った子や親を亡くした子どもたちが、あちこちに置き去りにされていた。ユキは上ヌミーヤ小の門中墓のある平良に帰ることを決意する。「死んで道端に捨てられ人に踏まれるより、ご先祖様のお墓の前で死にたい。夫の光雄が無事帰還した時、必ず家族の骨を拾ってくれるだろう」と思ったのだ。

上陸した米軍は南下し、すでに糸満市にまで進撃していた。平良部落に帰るという事は、その中に飛び込むことでもある。重保やウシは「あまりにも危険すぎる」と反対したが、ユキの強い決意に同意し、真夜中に伊敷のウタキを出る。

その際、家族思いの優しい重保は「ワンが、サチ行チュサ。ンーナ、アトゥからクーワ（自分が安全かどうか確かめるために先に行くから、みんなは後から来なさい）」と、家族を説得し先に歩きだしている。

村へ向かう道はいたる所に死体が散らばっていた。腐敗臭が漂う中、ガスで膨れ上がった死体を踏み越えながら進むしかなかった。明け方、兼城《かなぐすく》村賀数の村はずれに差し掛かったユキたちが見たものは、上半身裸でフラフラと歩く、気のふれた若い女性だった。門中墓まで二キロぐらいか。

突然「ビュッ」と指笛の音がして、サトウキビ畑から米軍の一斉射撃が始まった。先を歩いていた重保は腹部を撃たれ腸がはみ出すほどの重傷を負い、一家はバラバラに逃げ惑う。気づいた時には、背中にぐったりしている娘をおぶった母ユキと長兄の三人だけになっていたのである。サトウキビの葉をザワザワと押し分けて米軍の兵隊たちが出てきた。半裸で気のふれた女性…。これから自分の身に何が起こるのか、母ユキは恐れた。当時、長兄は六歳半だった。記憶は鮮明に残るだろう。とても耐えられない、生きてゆけない。母はとっさの判断で長兄の背に陽江を背負わせ、走って先に逃げるようせかした。米兵も幼い子どもたちだけなら撃ち殺しはしないだろう。

妹を背負って走り出した長兄の目の前に、米兵がふざけて立ちふさがった。笑いながら両手を広げて通せんぼ、背中の陽江ごとヒョイと抱き上げた。パニックに陥った長兄は泣きながら米兵の顔を引っかき、妹を置いて母の元へ駆け戻ってしまった。

子どもの目の前で凌辱されるのを恐れたのか。母ユキは衝動的におんぶ帯で長兄の首を

（参考　本島図）　母ユキたち（総勢十二名）の移動ルート

① 豊見城村平良
昭和二十年五月下旬。日本軍により自分たちで掘った壕を追い出される。

② 糸満市伊敷
六月十四日夕方、激しい艦砲射撃により三人死亡、四人が負傷する。

③ 兼城村賀数
六月十五日、米軍の射撃により重保負傷。捕虜となる。

④ 中城村民間人収容所
六月十九日、アダンナ（安谷屋）で祖父「重保」死亡。
六月二十七日、チュンジュン（仲順）で長女「陽江」死亡。

⑤ 宜野湾村
村内の民間人収容所を転々と移動させられる。

⑥ 豊見城村伊良波
十二月下旬、伊良波のテント村に移動する。
翌昭和二十一年六月、平良部落へ戻る。

絞め、無理心中を図ってしまう。それを見た米兵たちは大慌てで二人を引き離し、捕虜を詰め込んだ軍用トラックへ乗せたのである。

六月十五日。ユキ、長兄、陽江の三名は、旧中城村の民間人収容所チュンジュン（仲順）へ。重保とウシ、次兄、甥と姪、従弟の六名は同村アダンナ（安谷屋）の収容所へ送られる。重保はアダンナの収容所で六月十九日、戦傷により死亡。七十五歳だった。

チュンジュンの収容所は悲惨だった。長兄の記憶によると、一日に二〜三本の芋が配給されただけだった。そのわずかな芋でさえ、民間人を装った日本兵が徒党を組んで強奪していった。

二人の子どもは栄養失調で目はトロンとし、痩せてお腹はガスで膨らんでいた。とくに陽江の衰弱は激しかった。薬も何もない。ユキは必死になって看病したが、六月二十七日、死亡。餓死に近かったという。一歳五ヶ月余の命だった。

山の斜面に穴が掘られ、穴底には着物にくるまれた小さな娘の遺体。三人の墓掘人がシャベルでパラパラと土を落とし始めると突然、号泣と共に母ユキが穴に飛び込み、娘をかばうかのように覆いかぶさった。

「ヤーチュイヤ、ヤラサンドー。お母ン、マジョーン行チュサ（あなた一人では行かさないよ。お母さんも一緒に行くからね）」

皆しばらく黙りこんでいたが、その中の一人が穴の端で膝を抱えて泣いている痩せ細った長兄を指さして「ウヌワラビヤ、チャースガ（この子はどうするのか！）」と諭し、ユキを思いとどまませてくれたのである。

長女、陽江。昭和十九年一月十日生〜昭和二十年六月二十七日。戦傷と栄養失調により夭逝。享年一歳五ヶ月十七日。

陽江の死はユキを激しく打ちのめしたが、長兄が高熱を出したのである。ユキは熱さましに効くというミミズを空き缶で煎じて飲ませた。「ここにいたら、この子も死んでしまう。家族がいるアダンナに行かせてくれ！」と、衰弱した長兄を背負って連日のように収容所司令部に赴き「アダンナ、アダンナ！」と訴えるが、気違いじみた母親だと追い返されてしまう。

何度も通ってくるユキを見かねたのか。一人のアメリカ兵が日系ハワイ二世の通訳を連れて来た。その方の口添えもあって、ようやくアダンナに向かうトラックに乗せてもらったのである。

アダンナの収容所は食糧も充分に支給され、次兄も「白いご飯を食べた」と記憶している。しかし極度に衰弱していた長兄は、お粥さえも受け付けなくなっていた。ある日、サクランボの缶詰の配給があり、ユキは息子の口をこじ開けるようにして一粒のサクランボを食べさせた。その甘いサクランボが長兄を救ったのである。

アダンナでの生活もつかの間、すぐに北部に移動させられ、宜野座《ぎのざ》村内の収容所を転々とする。床もない小さな茅葺きの掘っ立て小屋に何家族も詰め込まれ、住居不足、食糧不足はどこでも付きまとってきた。

十二月末ごろに豊見城村の伊良波《いらは》収容所のテント村に移動。厳しい状況は何も変わらなかった。すし詰めのテント、僅かな配給の缶詰。米軍監視の下、外出も禁止された。廃墟と化した平良へ帰村できたのは六ヶ月後である。

村は戦禍で破壊され尽くされ、家一軒も残っていなかった。村を再建するにあたり役員会が持たれた。村の中心地である村屋（公民館）への進入路が問題になった。旧道は道幅が狭く急こう配で、馬車道として使いにくかった。そこで、県道沿いにあった本家のミーヤ小屋敷を取り潰して、新しい進入路を作ろうとしたのである。ユキは「徴兵された夫が帰還した時に、申し訳が立たない」と、ミーヤ小屋敷を守るために必死になった。

村は徴兵や移民で夫が不在、女性の世帯主がほとんどだった。隣の高嶺部落には米軍の駐屯地があり、頻繁に米兵を乗せた軍用トラックが往来していた。「県道沿いのミーヤ小屋敷に家を建てたら、何かあっても村として安全は保障しない！」と、強く説得されたがユキは頑として応じなかったのである。

母ユキは行動経過書を提出したあの夏の日以外に、姉「陽江」について語ることはなかった。また、母には聞くのを躊躇させる雰囲気があった。戦後も少し落ち着いたころ、長兄が一度だけ「あの時、苦しくて死にそうだった」と話題にした時、母ユキは「二度と口にしてはならない！」と強い口調で言い含めている。母は記憶を封印しなければ生きていくことが出来なかった。

ある日、道端の枯葉を掃き集めていた私に高齢の男性が声を掛けてきた。伊敷のウタキやチュンジュンの収容所で母たちと一緒だったという隣部落の人だ。

「上ヌミーヤ小のチィちゃんだよね。あんたに姉さんがいたこと知っている？　目がパッチリした可愛い子だったよ。可哀そうに…。歩き始めたばかりだったのにね。落ちていたご飯粒を拾って食べていたよ」

姉の写真は一枚もない。父も、生後六ヶ月だった娘の顔はおぼろだ。私は門中墓の前を車で通るたびにご先祖に挨拶し、日々の報告を欠かしたことはない。典型的な「男尊女卑」だった父。兄三人、弟四人の男兄弟に挟まれて窮屈に過ごした子ども時代。もし姉が生きていたら、私の人生も変わっていたのではないか、と思うことは度々だった。今でも姉妹がいる人が羨ましい。

母の残した行動経過書の写しから、姉の死に至る経過は知ることができたものの、姉はどんな顔立ちだったのか、私に似ていたのか。一歳半近くの姉はヨチヨチ歩き始めていた。片言で話し始めてもいたのではないか。一人の人間としての個性も芽生えていたかもしれない。「目がパッチリした可愛い子だった」とは、母からではなく他人から聞いた話だ。語る苦しみは理解できるが、たった一人の姉のことを知らないのは寂しいものがある。

コロナウィルスが蔓延し、なかなか会えない東京在中の娘から「初歩きだよ！」と、動画が送られてきた。一歳半の孫娘が危なっかしくヨチヨチと歩いている。目がパッチリした可愛い子だ。その日の夕方、スーパーへ買い物に出かけた。車で県道沿いの門中墓の前を通る。運転しながら「東京の日菜ちゃんが歩いたよ」と、いつものように口に出そうとした途端、涙が後から後からあふれて止まらない。車を停め号泣してしまった。初めて、姉の死を実感した瞬間だった。

六月二十三日「慰霊の日」。牛島満司令官が自決、組織的戦争が終結した日と言われているが、その後も戦死者が絶えることはなかった。ユキたちは総勢十二人中、五人が死亡。四人が戦傷を負っている。私たちが糸満市、摩文仁の丘の「平和の礎」に詣でる日は、六月二十七日である。

しかし恐ろしいのは、母ユキの戦争体験が特別なものではないことだ。小さな部落に住んでいるが、私の家から徒歩十分以内にも戦争寡婦、戦争孤児、渡嘉敷島での集団死の生存者、南洋移民で家族を亡くした人など、戦争の被害を受けなかった家などほとんどない。

豊見城村は那覇市小禄飛行場に隣接、海軍司令部壕など軍事施設もあり、また日本軍の命令による南部撤退の影響も大きく、その戦禍はすさまじかった。沖縄戦により住民の四人に一人の犠牲者が出たと言われる。村史によると豊見城村の戦前の人口が九千人余、戦没者は三千八百人余にのぼる。十人に四人の割合で亡くなられている。米軍上陸の伊江島や慶良間諸島の島々、南部激戦地の村々ではもっと高い確率で多くの人々が犠牲になられている。

「平和の礎」には米軍人を含め国内外を問わず、沖縄戦で犠牲になられた二十四万人余の刻銘がなされている。民間人は十万人を超える。「〇〇家の祖母」「〇〇家の次男」などの刻銘も少なからず見られる。一家全滅、また名前を知っている方々も戦禍で亡くなってしまわれたのだろう。

令和の現在でも不発弾処理で避難勧告がなされ、工事現場の不発弾爆発で障害を負った若者もいる。また戦没者遺骨収集ボランティア「ガマフヤー（壕を掘る人）」のみなさんによって遺骨や遺留品の捜索が行われている。海底の藻屑となり山野で野ざらしになられている方々がまだ多くいらっしゃるだろう。

毎年六月になると、糸満市摩文仁の丘の「平和の礎」には、県内外から申請された戦没者の名前が新たに追加刻銘される。母ユキと同様に、あまりの悲しみに記憶を封印、その蓋をこじ開けるようにして「肉親の生きた証を残したい、このまま忘れさられるのは辛い」と申請なされるご高齢者もいらっしゃる。令和五年六月二十三日、県の追加発表によると、追加刻銘者数は県内二十四人、県外計三百四十一人。計三百四十五人。

19　平山照夫《ひらやまてるお》さんとの出会い

昭和二十年八月六日。広島、原爆投下。

八月九日。長崎、原爆投下。

八月十五日。終戦。

終戦を迎え、父はとにかく早く帰りたかった。そんな中、沖縄へ向かった引き揚げ船が宮崎県沖で機雷に触れ、沈没する事件が起きた。沖縄へ向かう海は多くの機雷が漂流し危険だった。また終戦直後の大混乱で、すぐに沖縄へ帰還できる状況ではなかった。お金もない。兵隊たちでさえ大騒ぎしてケンカしながら、馬やら衣服やらを盗みあっていたという。

親しくなった栃木の人に誘われたが父は断っている。九州にいたほうが沖縄へ帰れると思っていた矢先に、大分の人に誘われた。大分港からも沖縄への帰還船が出ていた事もあり、与那原出身の大城さんと軍隊から馬を二頭盗んで大分へ向かった。大城さんはシカボー（気弱）な人で、いつも父の後ろについて行動していた人だった。

父たちは大分港を目指して歩いた。現在の大分県安岐町の山奥での事である。疲れたのだろう。その家の石垣にもたれて「水を飲ませて下さい」と頼んできた父たちに「二〜三日、ミカン山の草刈りをしないか？」と、声を掛けたのが平山照夫さんだった。

平山照夫氏。大分県国東半島は、ミカン栽培で知られている。平山さんたちは大分県におけるミカン栽培の先駆者で「相撲甚句」に歌い継がれるほど、その功績は高く評価されている。

手元にある「国東名菓みかん娘」のしおりによると、大正・昭和の資本主義経済下の農村はとても貧しく、特に昭和初期の経済不況による影響は深刻で、県は農作物の転換を図った。その中でも前途有望な収入が見込まれるミカン栽培に適した土地が、大添付近だったという。

この近辺の山村には、進取の気性に富んだ人々を「ワッショイ組」と称する言葉があった。昭和七年、チャレンジ精神に富む六人の若者が大分県開拓助成金を受け、ミカン栽培に着手した。その一人が平山さんだった。

父と出会った当時、平山さんは働き盛りの三十代半ばだった。平山さんたちの住む大添は山奥だが、兵隊たちが故郷に帰るため港に向かう道沿いにあった。着の身着のままで食事もろくに取れない兵隊たちが、昼夜を問わず歩いていた。情に厚い平山さんはその人たちを見過ごすことはできなかった。無償で食事や飲み物を、時には宿も提供していたのである。

父たちは平山さんの自宅に一晩泊めてもらう。行動を共にしていた大城さんはよそに行き、父は平山さん宅に住み込みで働いた。植えたばかりにミカンの木はまだ小さかった。ミカン産地として名を成すのは、昭和三十五年頃からである。

父たちは軍から持ち出した馬を近くのお寺、西念寺の裏山に隠していた。夕方、大城さんと馬を取りにいったら、お寺は盆踊りの最中で二十人ほどの兵隊上がりの人たちが酒を飲んで騒いでいた。

「馬は取らさない！」

「自分の馬だから取る！」

「その青年にケガさせるよ！」

と脅された父は、大城さんにケガさせたら大変だと思い「一対一の勝負をしよう！」と申し込むが、誰も出てこなかった。騒ぎを聞いて駆け付けた年配の村会議員の方が、その人たちを怒鳴りつけた。

「沖縄から兵隊に取られて、帰ることもできない。何もない人たちから、お前たちは馬を取り上げるのか！」

その方のおかげで大事にはならず、馬も無事返してもらうことになった。翌朝、呼ばれて行ったらご馳走を準備し接待してくれた。内地の人みんなが沖縄県民を差別していたわけではない。平山さんのような方々も多くいらっしゃった。

ミカン山の草刈りも終わったので、平山さんからお金を借りて馬車を購入、手慣れた馬車ムチャー（運送業）を始める。兵隊上がりの流れ者のような父を信用し、仕事の元手となる資金を提供してくれたのである。

そんな折に戦後処理をしていた軍から呼び出しがかかり、熊本城まで出向いた父は強く詰問される。

「お前は軍の馬を盗ったらしいな？」

「盗った！」

「では、返せ！」

「沖縄に帰れない。その費用を貯めるために馬を盗った。馬を取り戻すと言うなら、私を沖縄へ帰してくれ！」

「だったら仕方がない。お金を貯めるために馬を使っていいよ」

と、放免されたのである。

父は草地にある小さな小屋を借りて働きづめの生活を送る。港湾への貨物の運搬や、製材所に大木を担いで運んだ。腰を打って動けなくなった時もある。沖縄の情報は全く入らない。「娘の顔も忘れてしまった。島はどうなっているんだ…」と、父は泣いた。

大分で馬車ムチャーをして、ひたすらお金を貯めた。運送業と馬喰（牛馬の仲買人）を仕切っていた元締めの「手島さん」から信頼されて、経理も任されるようになった。手島さんは男気のある方で、父を息子のように可愛がり実入りのいい仕事を斡旋してくれた。「沖縄は全滅したらしいから、ここに落ち着いたらいいよ」と、三千坪の土地の購入話や、お金持ちの養子の口を二ケ所も探してきてくれたが「沖縄に、親も妻子もいるから」と、父は固辞した。

20　父の帰還

父は一年四ヶ月ほど大分で暮らしている。長崎から沖縄への帰還船が出るという情報が入り、やっと沖縄に帰れる目途が立ったのが終戦翌年の十二月だった。すぐに馬や馬車を売り払い、身の周りの物は全て処分。帰省者の所持金は規制があったので、稲わらにお金を入れ込んで縄をない、ベルトや荷物をくくる紐にしてうまく持ち帰ることが出来た。

昭和二十一年十二月下旬、長崎から出航。沖縄本島中城村の久場崎沖で小舟に乗り換えて、無事上陸する。

令和四年、五月十五日。沖縄は祖国復帰五十周年を迎え多くの書籍が発行され、テレビや新聞でも特集が組まれた。その記事を読んで、父の帰還が遅くなったわけが理解できたのである。

戦時中、米軍の軍需品と兵員を陸揚げするために建設された中城《なかぐすく》村久場崎港。戦後は海外や県外からの県民たちの引揚げ港となった。海外の場合いったん日本本土へ渡航し、その後沖縄へ帰還。父の異母姉ヤスもフィリピンから鹿児島へ。鹿児島で数ヶ月も足止めされている。

終戦直後の沖縄の人口が約三十万人。収容所では、多くの人々が飢えに苦しんでいた。そこへ国内外から引揚者が一気に上陸してきたのである。戦後沖縄の食糧不足、住居不足は米軍にとって緊急課題だった。急遽、米軍は引揚者の渡航を禁止。その結果、父のように長期間も本土に留まらざるを得ない人々が多く出た。引揚者の総数は十八万人余（所説あり）に上った。

十二月下旬の寒い日、下校途中の長兄は村の人に「イッターお父ヤ、ケーティチョーンドー（お前のお父が帰ってきているよ）」と言われ急いで家に帰ると、大勢の村人に歓迎されている父がいた、と語っている。次兄も、引揚者を乗せた軍用トラックから父が下りてきたのを記憶している。

帰還した父はすぐに重保と陽江の遺骨を拾いに行く。収容所で身内を亡くした四家族の五人で早朝三時に村を出発、収容所のあった中城村を目指した。借り物の軍払い下げのアメリカ靴が大きすぎて途中で靴を脱いで裸足で歩いていった。

カマラ（嘉間良）の収容所跡地で同行していた大城さんの義母の遺骨を、アダンナで重保の遺骨を拾い、そしてチュンジュンに午後四時ごろに着いた。二時間ほど探したが見当たらない。日はどんどん暮れ、みんなが帰ろうと言いだした。父はどうしても諦めきれず、一人で小高い山に登って大声で叫んだ。

「陽江。お父ヤ、ヤーカイハインドー。お父トゥ、マジョーン行カナ！　ナー来ーラランドー（陽江、お父は家に帰るよ。お父と一緒に帰ろう。もうここに来ることは出来ないよ！）」

すると、一瞬キラッと眩しく光った個所があった。そこには葉っぱが十数枚ついているだけの小さなホーギの木が見えた。収容所跡も山も荒れ果てており、たいへん見つけにくい場所だった。

収容所ではまともな葬送も出来なかった。山の横腹に穴を掘り、ただ土を掛けただけの埋葬。母ユキは娘の眠る場所に目印として小さなホーギの苗を植えたのである。

ホーギ。島に自生する木で、学名、ミツバハマゴウ。芯が固いので、村では畑の畔や境界線に目印として植えられている強い木である。

「アァ、クマーアラニ（あっ、ここではないか?）」「ヤサヤサ（そうだ、そうだ）」と、みんなも安堵した様子だった。すぐに木の根元を掘ってみると、小さな骨が出てきた。平良に戻ったのは真夜中過ぎだった。その後、重保と陽江の遺骨は門中墓に納骨される。

平良城や大城森のあの美しい琉球松の山林は、軍事資材として日本軍に伐採され尽くされ、また米軍の激しい空爆で焼失していた。沖縄本島の九割近くの住居が壊滅。米軍はツーバイフォー（二インチ×四インチ）と呼ばれる角材を支給し、住居不足の解消を図った。平良部落にも役員の指示で規格住居が建てられた。それは六坪半ほどの床と土間の狭小住居で、僅か一〜二日ほどで組み立てられた。

ミーヤ小屋敷にも床もない小さな茅葺きの規格住居が建てられたが、雨漏りがひどく米軍払い下げのドラム缶を横にして、その中に茅を敷いて寝る始末だった。それも二家族での雑居生活である。

父が二十歳で建てた大城森の赤瓦家も屋敷も戦禍で壊滅。帰還した父は、しかたなくミーヤ小屋敷にL字型の小さなトタン屋根の家を建てる。

翌年、三男「勇」誕生。その二年後に次女（私）と、子どもの誕生が続いた。その間も、道普請、村屋（公民館）の建設、また個人の家の建築や石垣作り、共同水汲み場や門中墓の修理等、際限なく共同体としての村作業は続いた。

食糧不足で戦後もしばらく米軍による配給制度が続いていた。馬の扱いに慣れていた父は村のために一生懸命尽くしていたが、再び配給停止にあい那覇へ出る。その経緯は分からない。父のノートにも書かれていないし、語ったこともなかった。

娯楽など何もない田舎である。旧正月から始まる季節ごとの様々な村の行事が楽しみだった。中でも「三月ウマチー」の手作りのジンス（お神酒）は、私たち子どもには一番のご馳走だった。とろりとした甘みは忘れられない。また旧暦八月に部落ごとに行われる「綱引き」。村中の家が東西に分かれて三回勝負、勝った方は鉦やパーランクー（小太鼓）を打ち鳴らし歌い踊る。一ヶ月も前からワクワクしながら待っていたものだ。ただ、村中の人たちが勝ち負けに興奮し楽しんでいるその場に父がいた記憶がない。父の村への確執は根深いものがあったかも知れない。その分、母ユキは気を遣わざるを得なかった。

21　戦後の父と佐賀・大分との付き合い

サトウキビ中心の農業では、子どもたちを大学まで進学させることは難しい、と父は那覇へ出ることに躊躇しなかった。「大学まで進学させる」父が口癖のように言っていた言葉だ。

那覇市内も辺り一面焼け野が原だったが、終戦直後は埋め立てと建築ブームに沸いていた。那覇市の小禄村は戦後に米軍基地飛行場として強制接収され、村に帰還できない人たちが大勢いた。父が馬に乗って又吉眞光先生の元へ通っていた浅瀬もいつの間にか埋め立てられ、違法建築の家だらけになってしまった。帰る村がないから仕方がない。

現金収入を得るために父は手慣れていた馬車ムチャー（貨物運送業）を始める。仕事を重ねるうちに、安里のくぼ地の埋め立てという大きな仕事が舞い込んできた。信用されていた父は一人でその仕事を請け負っている。一年後、お金も貯まったので本家のミーヤ小屋敷を出て、大城森の上ヌミーヤ小屋敷に再びアカガーラヤーを建てようかと思ったころである。

突然、佐賀県からミツおばさんの依頼を受けた弁護士が、那覇市市会議員と豊見城村収入役とともに家にやってきた。記憶力の良い父はその弁護士の名前を今でも覚えている。勇助おじさんの死後、平良にある土地を重保が購入しているが、名義変更をしていなかった。当時は親族同士の売買ではよくあることだった。重保は戦傷で死亡している。

弁護士たちは「いますぐ金を出せ。さもなければ競売にかける！」と迫ってきた。「二度買いはしない！」と断ると、競売にかけられた。しかし「あれは光雄の土地だから」と、買い手がつかなかったのである。甲辰尋常小学校、那覇尋常高等小学校の父の同窓生たちも三十代。法曹界、経営者、政治家等、社会人として台頭し始めた年齢だった。また「手」、馬車ムチャーや馬喰仲間、那覇の同窓生など父の交友関係はとても広かった。

とうとう弁護士たちも音を上げ「買ってくれ」と、父に頭を下げてきた。勇助おじさん、ミツおばさんにお世話になったこともあり、義理堅い父は二度買いすることを決意する。

家の建築費用はそれで消えてしまった。

そのお金でミツおばさんたちは佐賀県で家を建てる事になったが、娘キヨちゃんの夫がお金を全部持ち逃げしてしまった。幼い子どもが三人もいるというのに…。その騒動の最中にミツおばさんは亡くなった。キヨちゃんも精神が不安定になり、佐賀の土地も家も全部失って生活保護を受けねばならないほど困窮したらしい。

父はその二年後に遺族の願いを受け、ミツおばさんの遺骨を勇助おじさんが眠る門中墓に納骨するために佐賀を訪れている。

私も父母に付き合って、佐賀の老人ホームに入所していたキヨちゃんを訪ねたことがある。小柄でおとなしい感じの方だった。父は何度もホームを訪問しており、行くたびにいくらか包んでいたようである。弟夫婦も父の代理で佐賀や大分の平山さん宅を伺っている。

戦後も十年ほど経ったころである。生活も落ち着いたのだろうか。何の連絡もせずに突然、父は大分の平山さん宅を訪れている。「玄関を開けたら、父がいてびっくりした」と、のちに平山照夫さんは語っている。父は大分の人々への恩義を忘れることはなかった。

沖縄観光が流行りだした昭和四十年ごろの事だが、平山さんご夫婦が農協の団体旅行で沖縄に来ることになった。事前にその知らせを受けた父は、庭を潰しコンクリートの離れを建築。八畳二間と風呂場。隣の土地を買ってユンボを入れ、大きなクムイ（ため池）まで作った。鯉も買ってきて入れた。そこで私たちは魚釣りや水遊びをして楽しんだものだ。平山さんたちの接待、宿泊のために枝ぶりのいい琉球松まで植えて待ったが、団体旅行である。ご夫婦は日程が詰まったツアーの合間を縫って訪問してくれたが、残念なことに宿泊はかなわなかった。その離れは私たちの勉強部屋に、階段を上った屋上は父の鍛錬場になった。

私も県内大学二年の夏、友人と九州、四国をバックパッカーで一ヶ月ほど旅をしたことがある。当時はベトナム戦争の影響もあり、若者たちがヒッピー姿でリュック一つを背負いヒッチハイク、その姿から「カニ族」とも呼ばれていた。

奨学金とアルバイトで貯めたお金を、友人と那覇市の平和通りで円に両替。銀行より少し高く手数料も要らなかった。無許可の両替屋である。なぜか年配の女性が多かった。パスポートを持って那覇港から鹿児島港へ上陸。鹿児島、宮崎、そして大分へ入った。

平山さん宅で一泊お世話になった。バスの運行も少ない山奥の大きな二階建ての和風の家だった。父からの挨拶はあったと思うが、学生で金もなく世間常識に欠けた私たちは手ぶらである。

翌朝、大分港から愛媛に出発する私たちに大量のゆで卵とおにぎりを持たせてくれたが、若いといっても女子二人だ。とても食べきれない。しかも暑い夏である。結局、船内にいた他の乗客に配って、とても喜ばれたことを思い出す。

　平山さんや手島さんが亡くなられた後も、両家のご家族との交流が続いた。手島さんの娘さんが昭和五十年ごろに、また平成二十三年には平山さんのご子息の洋一郎さんご夫婦と、当時女学生だった姪の金並さんが父宅を訪ねて来て下さった。金並さん一家にも父はとてもお世話になっている。西念寺ご住職の木下さんとの出会いも、平山さんのご縁である。大分の方々への嘉数家の感謝の念は尽きない。

22　現金収入

　父にとって本家、ミーヤ小屋敷での生活は仮住まいであった。本家の土地は生後すぐに養子に入った次男の財産である。上ヌミーヤ小を再建するために貯めたお金を佐賀のミツおばさんに全て差し出した父は、馬車ムチャーの傍ら村の「シージョーサー」の仕事も始めている。

　ミーヤ小屋敷の前の県道七号線を挟んだ向かい側にサーターヤー（製糖工場）があった。戦前には門中ごとに六ケ所もあった村のサーターヤーは、戦後は一ケ所に集約されていた。

屋外ではサトウキビを搾る圧搾機の長い棒を、大きな水牛がゆったりグル、グルと回していた。葉を落とした長いキビを圧搾機に差し込むのは女性たちの仕事である。単純作業であったせいか、うっかり袖を巻き込まれて片腕を失うという事故もあちこちで起こっている。水牛が回る近くには、圧搾機で絞った砂糖汁を煮詰めるための作業所があった。トタン屋根を載せた細長い小屋で、直径二メートルほどもある大鍋が三つほど並んでいた。

搾ったばかりのサトウキビの汁を沈殿濾過して不純物を取り除き、その液を大鍋で加熱濃縮。固めるためのサンゴ礁の石灰を混ぜながら攪拌し空気を含ませる。程よい温度まで冷めた黒糖を樽に詰めて出荷するのである。その仕事に携わる人が「シージョーサー」である。酒蔵の杜氏のように職人技を要求される仕事だ。

黒糖は仕上がり次第で単価が左右される。シージョーを任せられる人は村にも数名しかいなかった。出荷に間に合わせるために真夜中から五時間以上もかかる仕事だったが、手間賃は高かった。父は馬車ムチャーの傍らミー島小の仲間三人でシージョーを請け負って、現金収入を得ていた。

朝方、ミーヤ小の家から父の働く姿を目にすることがあった。煙突から煙がモウモウと立ち登り、辺り一面に甘い香りが漂っている。熱い大鍋の淵に立って攪拌作業をする父を「どうか、落っこちませんように…」と、子どもながらに心配したものだ。

滅多にないことだったが、父は樽に詰める寸前の水飴のようなトロッとした黒糖をサトウキビの先で掬って嘗めさせてくれた。甘いものがない時代である。チョコやケーキとは全く違う、体中に優しくしくしみ込むようなあの甘さが懐かしい。

しばらくして南部・中部・北部と、全工程が機械化された本格的な製糖工場ができ、父たちの仕事も終わった。

昭和二十八年、父三十三歳。本家ミーヤ小屋敷を出て、大城森の麓の上ヌミーヤ小屋敷に、再びアカガーラヤーを建てる。新築祝いは当時四歳ほどだった私の記憶にかすかに残っている。床の間を中心にグルッと取り巻く親戚や村人たち。三線で祝いの曲を弾く人。泡盛の南蛮甕。馬小屋や二棟の豚小屋も建てられた。

沖縄の食文化は豚肉なしでは考えられない。琉球王朝時代に「牛・馬は食べてはならない」と発令された文化があったからだ。牛馬は農耕のための大切な家畜だった。山羊や鶏も食されたが、おのずと食肉としての家畜は豚が中心となっていった。

旧正月前になるとミー島小の人たちが集まって、豚を一頭、ガジュマルの木に逆さに吊す。私たち子どもは遠ざけられ、と殺・解体の場面は決して見せなかった。解体した肉はみんなで分け合って旧正月の食卓を飾り、長期保存のために南蛮甕に塩漬けにされた。

島言葉で「鳴き声以外は全部食べる」と言う通り、豚の血も煮詰められてチーイリチャー（血の炒め物）になり、足の先から尻尾まで食された。

戦前は島固有の在来種、黒豚「アグー」がごく普通に各家庭で飼われていた。勇助おじさんも那覇市内でアグーを数頭飼育し、子どもの父はその世話に追われている。

多くの犠牲者を出した沖縄戦。死んだのは人間だけではない。黒豚や山羊などの家畜もほぼ全滅。特に島の食生活に欠かせない豚を失ったことは大変なものがあった。

「島から豚が消えた！」と、食糧難に苦しむ故郷の実情はすぐにハワイにまで伝わった。戦後も沖縄の食糧難は続いていた。そこで窮地に陥った故郷、沖縄を救おうとハワイ在住県民が立ち上がった。昭和二十三年一月十五日「布哇連合沖縄救済会」発足。沖縄に豚を送るために寄付金を募り、活動を始めたのである。

県出身者の獣医二人を中心にアメリカ本土でメス豚五百頭、オス豚五十頭、計五百五十頭の繁殖力の高い白豚種を確保。米軍と交渉し、同年八月末日オレゴン州ポートランド港より軍船オーエン号で出航したがすぐに嵐にあう。引き返して豚の囲いを作り直し、九月四日に再出港する。

船には米軍の船員が二十五人。豚輸送付き添い人としてハワイ県民七人が同船した。揺れ動く船上での豚の世話。その苦労は大変なものだった。天候悪化や波間に浮かぶ機雷などさまざまな困難を乗り越え、九月二十七日に沖縄本島中部のホワイトビーチに到着。十五日間の予定が二十八日間かかった。失った豚は僅か十七頭でしかない。

豚だけではない。その翌年には約七百頭余の山羊も沖縄に贈られている。山羊の逸話が県民にもあまり知られてないのは、沖縄の食生活の中心が豚肉だったこともあるだろう。

戦前の島豚「アグー」の総数は十万頭だったと言われる。多産で成長が速いアメリカ産の白豚は、その数年後には十万頭に増える。沖縄の復興に大きく貢献したハワイ県民への感謝の念は今でも堪えない。

平成十八年。沖縄で映画「海から豚がやってきた」が公開された。またミュージカル、児童文学書や絵本、落語としても語られ、上陸地のホワイトビーチには記念碑が建立されている。ミュージカルはホノルルやロサンゼルスでも公演された。当時の一世、二世のハワイ県民たち、またその歴史的事実を知らない若い人たちにも、あらためて沖縄の感謝の念を伝えたのである。ハワイだけではない。苦難の連続だった南米移民の方々も、戦後の沖縄に多額の寄付金を送って下さっている。

サトウキビの運搬や貨物業もトラックが走り始め、馬車ムチャーの仕事は時代遅れになっていった。時勢を見る日にたけていた父である。父は「アッカサーウワァー（繁殖用のオス豚）」の仕事を始める。

ハワイ県民のおかげで島の各家庭でも戦前のように自給自足のための豚が飼育され、また各地に養豚業者の豚舎も作られ始めた。種付け料は高く、依頼も多かった。

黒豚アグーは重量百キログらいだが、父の白豚ランドレース種は三百キロにもなった。オス豚は気性がとても荒く、素人では扱えなかった。イノシシのような牙も生えていて怖かった。父から聞いた面白い話がある。


崖下に落ちた馬を引き上げようとしたが、大暴れしてどうにもならない。すると馬喰仲間の一人が崖を下りていって馬の目に指を突っ込み、力強くグリグリしだすと馬は痛いのか、観念して泣いた。「トォー光雄、ナマネェー、ナインドー（光雄、今なら大丈夫だよ）」と言われ綱を引くと、馬はおとなしく自分から崖を登ってきた。

「カミヤー牛」と呼ばれる、角で人を攻撃する扱いにくい牛もいた。馬同様に目に指を入れてかき回すと、カミヤー牛もおとなしく言うことをきくようになる。宜保のオジィの家にもカミヤー牛がいて、呼ばれて目に指を突っ込んだことがある。オジィはその牛に角でやられかかったことがあった。

琉球王国時代に空手の達人で「松村宗棍」という武士がいた。その松村が、有名なカミヤー牛と決闘することになった。決闘の前の晩、松村はこっそり牛小屋に行き、繋がれたカミヤー牛を徹底的にぶちのめした。翌日、決闘の場に引き出されたカミヤー牛は松村を見てしり込みして試合にならなかった。見物にきていた人々は「さすが武士松村。ウシにも分かるのか！」と感心したという。

しかし、牛や馬よりも怖いのはアッカサーウワァーだった。豚は牛馬と違って、綱で繋ぐこともできない。人に決して懐かない。牙も大きく三百キロ近くもある。オス豚どうしを同じゲージにいれると死ぬまで殺しあった。メス豚は多頭飼いだったが、オス豚は一頭飼いだった。

僅かに生き残っていた黒豚アグーは、あっという間にアメリカ産の白豚にとって代わられた。多産で子豚の成長も早くすぐにお金になったので、種付けの依頼は多かった。オス豚をチンブク（竹の鞭）で叩きながら、徒歩で豚舎に出向いた。

中には種付けに行く道中で、自分のアッカサーウワァーに襲われ大けがを負ったり、亡くなった人もいる。豚を狙って豚舎に侵入した野犬がオス豚に噛み殺されることもあった。たいへん扱いにくいオス豚がいると、自分のところへ売りにきた。豚の口の中にチンダ（針金）を噛ませて締めあげると動かなくなる。しかし豚はいくら叩きのめしても人を見分けない。牛や馬よりも豚が怖いよ。だけど豚のおかげで現金収入があった。

父は、大きなオス豚の口にチンダを噛ませて上下を縛り、細いが良くしなるチンブクのムチで豚のお尻を叩きながら豊見城村内だけでなく、糸満市や南風原町、東風平村まで出向いた。片道一時間はザラだった。「チンブク」とは釣り竿を意味する方言で、とてもよくしなるホテイチクの事である。

当時も養豚場や養鶏場は汚水や騒音の関係で人里から離れた所にあった。野犬や家畜泥棒対策として、獰猛なシェパードやドーベルマンなどが飼われていた。長い引き紐で繋がれていたが、ほぼ放し飼いである。初めて行く豚舎で父が先ずやることは、歯向かってくる犬をチンブクで徹底的にぶちのめす事だった。すると次回から犬たちは父を見るとスゴスゴと尻尾を巻いて隠れてしまう。

県外大学への仕送りなど、八人もの子どもたちの教育費は大変な出費だった。父の倹約ぶりは徹底していた。蛇口の水もチョロチョロ、人気のない部屋の電気も消して回っていた。酒も煙草もやらず、服も靴も劣化するまで使いきった。母は経済的なゆとりのある家庭で育っている。母なりに苦労はあったと思うが、よく付いていったものだと感心する。

父は豚の種付けの傍ら耕運機を購入し、畑の耕作を請け負う仕事も始める。しばらくして運転免許を取得。ダットサンを購入した父は、荷台に梯子を掛けて豚や耕運機を載せて仕事の効率化を図った。父は昼食で自宅へ戻る時間も惜しんで働いた。

母もよく頑張った。乳飲み子を背負って弁当やガソリンの入った缶を頭に乗せ、父が耕作を請け負った畑まで歩いて通った。忙しい父に代わって畑仕事もこなした。相変わらずユタ買いで遊びまわる祖母ウシは全く当てにならず、家事全般も母の仕事だった。

そして夕食後の八時過ぎには夫婦して車で那覇の繁華街に出かけ、豚の餌になる残飯集めに食堂を走り回った。帰りは真夜中である。私とすぐ上の兄は芋ほりや芋洗い担当だったが、残飯の入ったバケツから割りばしや爪楊枝などを取り除くのは弟たちの仕事だった。

再び埋め立てブームが起こり、昭和三十五年ごろに父はダンプカーを購入する。大型免許も取得し、他村の若い人も雇ってフル回転して働いた。同時に交友関係の広さからか、家畜や不動産、骨董品の売買なども父の所へ持ち込まれた。

とくに父が投資したのは土地の売買だった。とても使い物にならない傾斜地や、道もない原野を「光雄なら買ってくれる！」と持ち込まれることも多かった。父のノートには驚くような逸話も記されている。


那覇で残飯取りをしていた昭和四十年半ばのことである。当時、キックボクシングが流行り、テレビでも放映され人気を博していた。

「真空飛びヒザ蹴り」で知られた伝説的なキックボクサー「沢村忠」の沖縄興行が持ち上がり、父は知人に誘われ三千ドルを出資した。大金である。興行主はアシバーたちだった。

当日の夜、警察が手入れするらしいという情報が父の耳にもたらされた。興行も終わり、打ち上げで盛り上がっている酒の場に父は単身乗り込んで行き、出資金三千ドルを取り返している。

父は「揉める」と覚悟して出かけたが「光雄なら、仕方がない」とすんなり返してくれた。この方も剛柔流の段位を持っており、若い時はかけ試しで鳴らしたらしい。父とは空手を通しての付き合いだった。のちに暴力団抗争で亡くなられている。

学校への提出書類に、親の職業欄がある。父の仕事は何なのか？　いつも迷ったものだが「農業」と書くしかなかった。高校進学率が六十％の時代である。定時制高校、「金の卵」と言われた県外就職なども多かった。受験に失敗して中卒で終わった人たちもいる。八人もの子供たちを県内外の大学まで進学させるというのは、小さな村ではとても珍しかった。

ただ、父は決して肩書や学歴重視者ではなかった。よく「ンナガクムン」と口にした。「空っぽな学問」いくら学歴があっても中身がなければ無意味である、という島言葉である。

現に農業で身をたてることを決意した弟が大学中退したことも、すんなり受け入れている。勇助おじさんの突然の死によって、開南中学校を中退せざるを得なかった父は「子どもたちを自分と同じ目にはあわせたくない。学歴は人生の選択肢や機会をより広げてくれる！」との強い思いがあったのではないか。

また「ワンヤ、ターガチン、チブルヤサギラン！　ウッタームンヤ、カドーカンムン（自分は誰が来ても、頭は下げない！　この人たちに食べさせて貰ってはいない）」も良く口にしていた言葉だ。頭を下げ続けた気弱な父、重保が反面教師になったのだろうか。

23　懐かしい赤瓦家《あかがーらやー》での生活

大城森のアカガーラヤーでの生活が一番懐かしい。

屋敷のすぐ裏には、古い石垣の上からのしかかるように大城森。南側には戦禍を逃れたガジュマルの大木が石垣にがっしりと気根を伸ばして、台風時の風よけとなっていた。

本家、ミーヤ小と上ヌミーヤ小の仏壇を祭る畳の間が二部屋。板張りの部屋。トタン屋根を張り出した居間と土間の台所。

二頭の馬たち。馬小屋の梯子を上った屋根裏には、農繁期になると季節労働者のヒヨーサーたちが寝泊まりしていた。奄美大島や八重山出身の方たちが多かった。

お風呂は米軍払い下げのドラム缶で、下駄をはいてこわごわ浸かったのを覚えている。しばらくしてドラム缶風呂も五右衛門風呂に変わり、ミー島小の人たちにも使ってもらっていた。小道を挟んだ屋敷の向かい側にはバナナ畑があり、その隣にはブドウ棚を挟んで二棟の豚小屋。豚小屋は残飯を煮炊きする大釜付きである。

当時は「貧乏人の家囲いはアカバナー（仏桑花）か竹。金持ちの家は港川石」と言われていた。石好きの父だったが資金が足りなかったのだろう。屋敷の垣根はアカバナーの垣根だったが、いつの間にか立派な港川石の塀に変わっていた。

ランプのホヤ磨きも楽しかった。しばらくして裸電球へ、そして有線放送が引かれた。初めてのラジオの音だ。流れてくる沖縄民謡に合わせて踊っている祖母ウシと孫の私を見て、作業員の方々が嬉しそうに笑っていたのを思い出す。踊りながら、小人が電線の中を行進して歌っているのだと思っていた幼い私がいた。

庭にはシークァーサーの木。赤い花を咲かせる鳳凰木。白い百合の花。馬小屋の前の薄紅色の百日紅の木。裏の大城森にはうっそうと高木が生い茂っていた。

家畜の豚、馬、牛、ウサギ。庭にはアヒルと鶏。吠えたてる番犬、ネズミを捕まえて得意そうな顔つきの猫。誰がどこから手に入れたのだろうか、小さな井戸には黒い出目金が一匹。

春になると薄紫色の花が咲くセンダンの高木の枝で、放し飼いの鶏が早朝から「コケコッコー」と大声で鳴いた。夏にはクマゼミの大群が「ア～サンサンサン」と騒々しいほどの大合唱だ。斜面の中ほどにホルトノキの大木があった。斜めにせり出した幹回りの大きな木だった。ホルトノキでは小さなシーミー（ニイニイ蟬）が群れを作って鳴いた。夕暮れ時には大きな黒い蝶が蝶道を舞って、薄暗い大城森へ眠りに入っていった。

鳥も多かった。鳴き声が「月日星ホイホイ」と聞こえる三光鳥。長い尾を持つ美しい鳥で、ひらひら独特な飛び方だ。その鳴き声は私たち子どもの耳には「ヒロミーフイフイ」と聞こえてきた。村に「ヒロフミ」と言う名の戦争孤児の若者がいたが、その人をからかって遠くから「ヒロミーフイフイ」と叫んではよく石を投げつけられたものだ。彼も手加減をして私たちの相手をしてくれた。

夜には真っ赤なアカショウビンが家の中に飛び込んできた。姿は見たことがなかったが「コーン、コーン」と木をつつく音がした。あれはキツツキ科のノグチゲラだったのだろうか。大きなジョロウグモの巣にからめとられたアオバズク。迷鳥だったのか、とても小さなハチドリを見たこともある。

手先の器用な次兄は庭の竹を細く削って見事な鳥かごをいくつも作り、鳥もちで捕まえたメジロを飼っていた。父の手作りの大きなゲージには文鳥や九官鳥がいたこともあった。やはり何といってもサシバが一番だった。

十月の渡りの季節になると村中の男の子がワクワクして罠を仕掛け、夕暮れ時には仲間を組んで鳥刺しに出かけた。冬の到来を告げるサシバの「クィッ、キー」と聞こえるあの甲高い鳴き声が懐かしい。

猛毒のハブも多かった。土管に入り込もうとしている大きなハブを捕らえ、ハブ公園に売りに行ったこともある。また母ユキがアカマタ（無毒の蛇）に足首を打たれたこともあった。ハブでなくて幸いだった。島ではハブに噛まれるとは言わない。「打たれた」である。衝撃が強く「打たれる」という感覚だからだ。

捕まえたサシバを縄で縛り付けて庭で放し飼いにしていたら、ハブにやられた事もあった。ゲージの中に侵入しメジロを飲み込んだハブは、ハブ汁が大好きな宜保のオジィに届けられた。

大城森は生活の場でもあった。小高い森だったが、登りつめると琉球松の林がまだ残っていた。薪にする枝や松葉を火付け用にと拾い集めに行ったものだ。春には野イチゴが。夏のグァバの実。ススキの根元には幽霊キセルと呼んでいた南蛮煙管の紫色の花。

家の前のバナナ畑と豚小屋の近くを横幅二メートルほどの用水路が走り、轟川に合流。

夏になるとその用水路を飛び交っていたホタルを捕まえ、煮芋の中に練りこみ「提灯だ！」と遊んだものだが、残酷な遊びだったと思うのは大人だからか。

轟川からも様々な恩恵を受けた。トンボが飛び交うきれいな清流で、地域の洗濯場でもあり農耕馬の洗い場でもあった。小さな滝つぼは私たち子どもにとっては格好の川遊びの場だった。

轟川にかかる石橋の下には、小魚を狙うアカショウビンや美しい色合いのカワセミ。キラキラ光るハンミョウ。クリクリ目玉の可愛いイトトンボ。川の土手にはトントンミー（トビハゼ）が張り付いていた。カワニナや名も知らない小魚、エビ、ウナギ、カニ……。

母は戦時中の体験からだろうか。田舎で身近に病院など無かったせいもあったのか、民間療法を信じ込むところがあった。風邪で発熱した時など、薬よりコイの煎じ汁だった。

胸膜炎を患い高校を休学していた次兄は、罠で捕獲した山マヤー（野生のノラ猫）を何匹食べたのだろうか。胸膜炎に効くと肉汁にしていたが、あまりに臭くて母は庭で調理。濃い灰色がかった肉汁は子ども心にも気味悪いものだった。轟川のカワニナやカニ汁なども「体にいいから」と、母はよく作ってくれた。

猫汁を私たちは見ているだけでさすがに口にしなかったが、ウナギ汁も強烈だった。弟たちはウナギが川を上ってくる季節になると、カエルを餌に大ウナギを何匹も釣ってきた。

かば焼きなど見たこともない田舎である。母はいつものようにぶつ切りにしてウナギ汁にしたのだが、その脂っこい事。貴重なウナギは豚の餌にまわされた。

桶を担いでの水汲みから水道へ。馬小屋を潰して建てられたお風呂場付きの鉄筋コンクリートの離れ。年月とともに変化もあったが、赤瓦家での生活は二十年近くも続いた。

懐かしい大城森は分譲地と化し、轟川も埋め立てられて今は跡形もない。

24 「大城森《うふぐしくむい》と浮世の隅《うちゅぬしみ》」の開発

父は義理難いというか頼まれると断れない所があり、使い物にならない土地まで購入している。しかし「情」だけで買ったのではなかった。豊見城村は空港や県庁所在地の那覇市に隣接している村である。

県道七号線は那覇から豊見城村を通り糸満市に向かっている。その途中の平良付近は谷間に沿った狭いクネクネした曲がり道だった。いずれは那覇市のベッドタウンとして開発されると見越した父は、県道沿いの安価な傾斜地や原野を積極的に購入したのである。

「浮世の隅」と言われた人気のない山林までも買っている。

父が四十代半ばの頃に、那覇の同窓会の先輩でもあり国会議員だった方から土地の購入話が持ち込まれた。息子が養蜂の仕事を始めるとの事だった。那覇市から近く周囲に民家のない大城森の外れにある父の土地は絶好の養蜂場だった。

しばらくして、ミー島小から続く農道の奥にあった山林が整地され、広い養蜂場ができた。その従業員としてミー島小の知人を二人雇ってもらっている。盗難防止のための泊まり込みの夜勤の仕事もあり、その方たちの結構な現金収入となった。

土曜日の夜は、いつも那覇の本社から「福地さん」という五十代ぐらいの男性が夜勤当番でやって来た。この方は穏やかで優しいおじさんだったが、大変なシカボー（怖がり屋）でもあった。

ある蒸し暑い夏の晩。真夜中に「ドンドン」と激しく戸を叩く音がした。外に立っていたのは動転してブルブル震えている福地さんである。「夜中にフッと目覚めたら、蚊帳の外から顔のない上半身裸の女性がのぞき込んでいた」とのことだった。

戦前から養蜂場の奥に古びた門中墓があった。戦時中そこに避難していた若い女性が爆風で頭を吹き飛ばされて亡くなったが、どこの誰かも分からずじまいだったらしい。

大城森の裏側に畑がある人たちは山裾の馬車道を使っていたが、あまりにも遠回りだった。近道として草木が生い茂った獣道があったが村人は滅多に使用しなかった。近くにその墓があり、戦後すぐから顔のない幽霊を見たとの噂があったからだ。福地さんが見た幽霊は、まさにそれだった。

その夜以来、福地さんの宿直に父は付き合うようになった。そのおかげか、嬉しいことに我が家に甘いハチミツが絶えたことはなかった。ハチミツは豊見城団地が誘致されるまで続いた。

昭和四十年ごろには団塊の世代が成人を迎え、戦後の沖縄の人口も急激に増加。各地で住宅地や団地の開発が盛んになった。豊見城村内でも忘れ去られたような地域であった高嶺、平良部落に、住宅開発公社より開発計画が持ち込まれたのは昭和四十四年だった。大城森と浮世の隅の広大な一帯に、大規模な団地と分譲地が建設されることになったのだ。

しかし、豊見城村を初め隣接する他市町村にまで多くの地権者がいる。公社職員は彼らを説得するのに大変な苦労をしていた。しばらくして家に頻繁に担当の方たちが訪れてくるようになり、南部一帯の市町村に知人の多かった父は、請われて一緒に出掛けるようになった。豊見城団地と分譲住宅の開発は、七年後の昭和五十一年に完了する。

今では老朽化した団地は立て替えられ、真新しい六階建ての巨大な棟が十棟。北・南・西の分譲地。団地内には市立の幼稚園、小学校。周囲には保育園、郵便局、病院や介護施設、スーパー、コンビニ、マンションなど生活に便利な地域となっている。

赤ちゃん墓があった山道も「浮世の隅」の寒々とした林も、もはやその名残さえない。ただ、巨大な団地の片隅に幽霊墓や古びたお墓がポツンポツンと戦前の面影のまま残っており、そこだけ異次元の世界のように時間が止まったままである。

父も土地の売却で莫大な収入を得たと思うが、どの土地が売れたのか、いくらだったのか、そしてお金の使い道など一切話さなかった。父や私たちの生活が贅沢になったこともない。

昭和三十九年の東京オリンピック開催前になると、村でもテレビを購入する家庭が多くなった。プロレスブームも起こり、子どもたちの間にプロレスごっこが流行った。父はいくら頼んでもテレビを買ってくれなかった。私と弟たちは夕方になると近所の家に覗き見に行っては、父に叱られたのを覚えている。オリンピックを家で見た記憶はない。

しかし電話は県外にいる兄たちといつでも連絡が取れるように、村でもいち早く取り付けた。父は義理堅い所があり、兄や弟たちがお世話になっている長野県や北海道などを度々訪問している。沖縄土産として有名だったアメリカ産の高級ウイスキー「ジョニ黒」持参だった。

25　突然のでき事

私と三男の兄「勇」は二つ違いである。長兄と次兄は県外に、また弟たちは年が離れていたせいもあり、勇兄さんとの思い出はあまりないかもしれない。ただ弟は「勇兄さんは短気ですぐ怒った」と言っている。上に三人、下に四人の男兄弟にサンドウィッチのように挟まれて窮屈な幼少期を送った私だったが、兄弟として密に接したのは兄「勇」だった。

両親とも大正生まれで典型的な「男尊女卑」の我が家では、台所で男兄弟の姿を見たことがない。ただ勇兄さんだけはなぜか、小学校低学年から一緒に台所に立っていた。土間の竈で兄は夕食用の大量の味噌汁を、私はご飯炊き担当だった。

父がハワイの姉から預かっていた従弟たちは戦後すぐにハワイに渡っているが、それでも総勢十一人の大家族である。子どもにはたいへんな仕事であった。二人の仕事は竈からプロパンガスにとって代わり、兄の高校入学まで続いた。年が近いせいか、薪の取り合いやらなんやらで始終ケンカばかりしていたような気がする。

小学校の夏休みの事である。大城森の真裏に芋畑があり、両親は朝から芋ほりに出かけていた。当時、芋は食料や豚の餌として欠かせないものだった。島では、「三時ジャー」お昼の三時ごろになるとお茶などを飲みながら一休みする慣習がある。

祖母ウシに沸かしたてのお茶を持っていくよう言われて、兄と私は竈からおろしたばかりのヤカンを畑まで持っていくことになった。熱くて重たい。歩きにくくて遠い。音を上げた私たちは子どもの知恵で、道端にあった長めの竹にヤカンをかけ担いでいくことにした。背丈は全く違う。兄が立ち上がった瞬間、熱湯が私の体に降りかかった。大泣きに泣きながら家に駆け戻った。少しは冷めていたのだろう。大事には至らなかったのは幸いだったが、兄がその間どうしていたのか記憶にない。

私が中学一年、兄は三年生。お互いの成績も気になった。似た者通しだったのだろうか。二人とも頑固で片意地なところがあり喧嘩が絶えなかった。私も可愛げのない妹だった。

兄は新設された高校に一期生として入学。体育の時間は運動場の整地にこき使われたと、ブーブー文句を垂れていた。学校のすぐ裏手には那覇港にそそぐ国場川が流れていて、干潮時にシジミを採ってきてくれたことがあった。生まれて初めてのシジミ汁はとても美味しかった。

県内大学受験に失敗した兄は、東京の長兄のアパートに同居しての塾通い。翌年、亜細亜大学法学部に無事合格し、学生アパート生活を始めた。

その一年後に県内大学に進学した私はアルバイトで貯めたお金で、冬休みに憧れの東京へ。生まれて初めてパスポートを持っての旅、船旅だった。船上から見た富士山の雄姿に圧倒されたのを覚えている。晴海埠頭に兄は迎えに来てくれたが、東京案内してくれることもなく素っ気なくそれっきりだった。私も兄の対応に期待も不満も感じなかった。なにしろ喧嘩ばかりで仲が悪かった、と思い込んでいたのである。

夏休みや正月などに兄は帰省したが、お互い自分の事で忙しい年ごろである。兄は母の農作業をよく手伝っていた。真夏に上半身裸になって、バナナ畑で働いていたのを覚えている。兄が空手部に属していたのは知ってはいたが、父が兄に型や組手など指導している姿は記憶にない。兄は大学卒業後には島へ戻ることになっていた。東京での就職は全く頭になかったらしい。父は就職用の背広まで誂えて待っていた。

そんな卒業間近の昭和四十二年二月十日。寒い日だった。まるで昨日のようにその瞬間を記憶している。台所の棚の上の黒電話。テレビを見ている家族。夕食後の遅い時間に東京の長兄から緊急の電話が入った。その電話を取ったのは当時大学三年生だった私だ。

「勇が危篤状態で入院している。すぐ来てほしい！」

翌日の朝にはもう父はいなかった。

父はすぐにツーリストを経営していた同窓生の所に向かっている。当時の那覇空港からの飛行機の便は少なく空席待ちをしている余裕はない。運よく嘉手納基地から神奈川県厚木海軍飛行場へ飛び立つ軍用機があった。その方が「緊急事態」という事で交渉し、乗せてもらう手はずを整えてくれたのである。

午後三時過ぎには厚木空港へ着いたが、病院までの道順も全く分からない。同じ機に米軍関係の県民女性が二人同乗していた。困っている父を見かねてタクシーを手配し、列車を乗り継ぎ病院にまで同行して下さった。動転していた父はお二人の名前も聞くゆとりも、お礼を言う暇もなかった。父はそのことを晩年まで悔やんでいた。

大学院博士前期（修士）論文の締め切りが一週間後に迫っていた次兄は、研究室で電報を受け取っている。全て投げうってすぐさま東京に向かい、午後三時ごろに病院へ到着。熱で火照った弟の手を握って話しかけると、高熱で意識も朦朧としている中でかすかに目を見開いて次兄をみつめた。

「勇、何か食べたいものある？」

「コーヒー…餃子…」

次兄は大学院合格の際にも、真っ先に弟に知らせている。県外で何かと支えあってきた二人の最後の会話だった。

午後四時ごろに病室に駆け込んできた父は、目の前の現実を受け入れることができなかったのだろう。ただただ茫然として立ち尽くしてしまった。翌早朝、兄は父が来るのを待っていたかのように息を引き取ってしまう。

三男、勇。昭和二十二年生～昭和四十五年二月十二日、急性脳膜炎で逝去。享年二十三。兄は東京で荼毘に付される。別れの場で父は兄の空手着に身を包み、又吉眞光先生から受け継いだ秘伝の型を演じ息子への手向けとする。父の回想ノートには、その型を人前で演じる事を封印したと記されているが、型の名は書かれていない。

その後のことは、あまりの突然のでき事に私の記憶も曖昧である。父がいつ帰って来たのか、兄のお葬式も、門中墓への納骨も覚えていない。

ただ、父不在のお通夜の場面だけは、やけにはっきりと記憶している。仏壇の前には祖母が、その周りをズラリと親族や村の人たちが座している。父はまだ帰ってきてない。母は人前に出る事もできない状態で、離れで寝込んでいた。

大学生だった私は親族の叔母さんたちの助けを借りながら、何十名もの人々の接待をせざるを得なかった。祖母ウシは何の手助けにもならなかった。宜保のオジィは「若い者が先に死ぬなんて…。自分が代わりに死にたかった！」と泣いた。

26　クイサギ

島では病死や事故死、特に異郷で亡くなった場合、ほとんどの家庭ではミーサ（口寄せ）に行く。死者の魂が島へ、先祖の元へ無事戻ってきているか、成仏しているか否かを確認するためだ。それもなるべく早いうちに。時が経てば経つほど、死者の霊魂を呼び出すのは困難になると言われている。

母も四十九日の法要が終わる前にと「上原さん」というユタの所へ出向いている。「シジ（霊力）」の高い人として知られた方だった。上原さんは、古くからの父の知人でもある。戦後にミーヤ小屋敷のトタン家に住んでいた頃、その方が「夢でお告げがあった！」と、早朝にタクシーを飛ばして来たことがあった。

「光雄、すぐ台所の竈の後ろを掘りなさい。そこに昔から祭られていた村の神石がある！」

父が言われたとおり掘ると、見るからにいわれのありそうな三体の石が出て来たのである。戦時中の破壊や盗難を恐れて土中深く埋めたのであろう。その石は今でも本家のミーヤ小屋敷に祭られている。

その上原さんのミーサで、祖母ウシがむやみに立ち入ってはならない御嶽《ウタキ》（拝所）やグスク、お墓、縁もゆかりもない旧家の仏壇などを拝んでは出鱈目なご宣託を並び立て、神々や祖霊の怒りを買い、その厄が三男「勇」に降りかかった、このままにしておくとどんな災厄がまた降りかかるかも知れない。すぐクイサギしなければならない、と出たのである。

「クイサギ」とは、祖母ウシが拝んだ全ての場所に赴いて、平身低頭、誠心誠意ウシの言動を謝り「ウシのウガンをクイサギ（拝みを取り下げ）致します。どうかウシの過ちをお許し下さり、怒りをお鎮めください！」と、許してもらうウガン（拝み）である。それも一度で通るとは限らない。

戦争で長女の陽江を、そして三男の勇を失った母ユキは、他の子どもたちにも厄が降りかかるのを恐れた。今度は母ユキが上原さんと共にビンシーを持って島中をクイサギに回ったのである。

孫で女の子は私だけだったからだろう。五、六歳の頃から「ビンシー」と呼ばれる箱を持って、祖母たちのウガンのお供をさせられていた。漆塗りの紅い箱には島独特の平ウコー（線香）。幅一・五センチ、長さ十四センチほどの黒い線香で、五つの筋が入っている。

その他に、島酒、盃、ウチカビなどがセットで入っていた。「ウチカビ」とは、黄土色の紙に昔のお金の型が打ち抜かれている後生、あの世の紙銭である。ウチカビは中国や東南アジアでも見られる。

特に記憶に残っているのは那覇市首里だ。激しい空襲で焼失した首里城があった古都である。戦後その首里城跡地に建てられた琉球大学に通っていたが、近くにいわれのあるアカギの古木があった。戦後に米軍が道路拡張のため伐採しようとしたが、その度に泣き声が聞こえるので断念した、という逸話が残っている。

今でも一般の人が立ち入るのを躊躇するような御嶽や墓地。王家に関わる拝所や旧家などが多い。子どもの私だったが「こんな所を拝んで、大丈夫だろうか？」と不安を覚えたほどだ。

祖母たちはあちこち拝んだ後には、那覇の繁華街で食事をしたりウチナー芝居（沖縄方言芝居）を見たりして遊んだ。お気に入りの役者が出ると、祖母は懐紙に小銭を包んでおひねりを投げていた。そのお金はすべて祖父、重保の遺族年金である。

重保もそうだったが、父もウシに対して寛容だった。世間の目に気づいてはいただろうが、何も言わなかった。実際、上ヌミーヤ小は子孫繁栄、次々と男子に恵まれ、収入も財産も増やしていた。それだけが理由ではない。「光雄が世を開けた。光雄はどこから大風が吹いても倒れない大木である！」と、甘い褒め言葉をかけ続けた母親を否定する子はいないだろう。晩年のウシが粗相をしても、母ユキや私にその後始末を押し付けることはなかった。嫌な顔一つせず片づけ、お風呂に入れていた父を思い出す。

上原さんのミーサが出た後すぐに、父は遺族年金をウシから取り上げた。当然、家は修羅場になった。それまでウシの実家も夫の重保も、父でさえウシのやりたい放題にさせてきたのである。ウシは激しく抵抗した。ある夕食時の事だった。ウシの暴言に耐え切れなくなった父が、突然近くにあった鍋をバシッと外へ投げつけたのである。父の生涯たった一度のウシに対する強い怒りだった。

その後のウシの生活は一変する。ウシはいつの間にか庭の草むしりにいそしむようになった。どうも好きでやっていた感がある。小さな雑草一つ見逃さず、おかげで庭はすっきりきれいになった。島は雨が多い。暇を持て余しているウシをみかねて私はかぎ針編みを教えてみた。たちまちウシの腕は上達し、あっという間に大きなコタツ掛けを三枚も編み上げたのだ。

明治生まれのウシ。男尊女卑や直系男児継承の根強い文化。年老いた小太郎兄弟。その家運を背負った唯一の男子「光雄」の誕生だったのだ。自分が光雄を生んだという強い自負心と、無事に育て上げなければならないという重責は、想像以上だったと思われる。当時は乳幼児の死亡率が高く、ご先祖や神々に頼りたくなるのも理解できる。祖母ウシの「ユタ買い」を単純に否定はできない。

終戦直後の島では米の自給率が低く、遠くタイから船底で運ばれてくるタイ米が主食だった。砂利などが混じった米で、きれいに取り除かないと口の中でジャリッと噛んでしまい吐き出すこともあった。そのタイ米を大きなザルに広げて砂利を取り除く作業は祖母ウシと私の仕事だった。根気の要る仕事だったが、ウシは集中して手を休めることはなかった。

父は育ち盛りの子どもたちに腹いっぱい白米を食べさせるために、サトウキビ畑を潰し轟川から水を引いて稲作を始めた。米の自給自足である。ガラガラ、威勢よく音を立てて回る足漕ぎの脱穀機。籾の入った袋を頭に乗せ、バスで隣町の精米所に運ぶのもウシの仕事だった。小さな籾袋を持った私もお伴である。

村屋の近くに一人暮らしの高齢の女性が住んでいた。雑草で荒れ果てた屋敷に錆びたトタン屋根の小屋。六畳ほどの板の間と竈門の土間だけだった。屋号から親戚筋でもなかったと思われるが、ウシは精米したての白米を度々持参して訪問していた。窓もない暗い部屋の片隅に古びた木箱があった。ハジチの入った手で、そのお米をタンス代わりの木箱に大事そうにしまっていた姿を思い出す。

晩年のウシは、少し口が悪いが「草むしりとかぎ針編み」が趣味の穏やかな生活を送った。おしゃれできれい好きな所もあり、手先の器用な人だった。その長所を活かした生き方もあったかも知れない。

昭和六十一年十一月十一日。仕事を終えた私が息子を迎えに実家に立ち寄った時である。母ユキは老人クラブのゲートボールに出かけて留守だった。祖母ウシの部屋をのぞいてみると高いびきを掻いて寝ている。ちょうどその時、母が帰宅した。

「何か変だよ」

「熟睡しているだけだよ。お昼は足ティビチ（豚足）をいっぱい食べて、おやつはクリームパンを二つも食べたよ」

「でも、やっぱりおかしい。松山先生に往診お願いしよう」

母を説得して松山医院の先生に来てもらったのである。色白で優しい松山先生は診療時間もとっくに過ぎているのにも拘わらず、父と親しかったご主人とともに来て下さった。先生が聴診器を取りだして胸に当てると、パッと祖母ウシが目を開いて言った言葉が、

「ヌーシーガチャガ、ンヌ姉さんヤ！」

「何しに来たのか、この姉さんは！」あまりいい言葉ではない。九州の方で豊見城団地に開院したばかりの先生はもちろん方言など分かるはずがない。

「お姉さんと言われてうれしいです。もうお年で心臓もずいぶん弱っていますし、もしかしたら急変するかも知れません。何かあったら遠慮なくお電話下さい」

二人ともウシの口の悪さにただ恐縮するしかなかった。大丈夫だろうと帰宅した私の元へ「たった今、息を引き取った」との電話が入ったのは、夕食間際のことだった。母ユキに介護の苦労はなかった。母にさんざん迷惑をかけっ放しだった祖母ウシの、唯一の嫁孝行だったかも知れない。

祖母、ウシ。明治二十年生~昭和六十一年逝去。享年九十九。


上原さんのミーサが出た後のことは今でも思い出したくないし、記憶も曖昧だ。孤独死のような兄の死。私も大学時代の兄のことは何も知らない。家は暗くなった。特に思春期を迎えていた弟たちは辛いものがあったと思う。母はクイサギで家をあけることが多くなった。免許取得したばかりの弟は送迎の手助けをした。見ておられなかったと言う。

数十年にも渡る祖母ウシのウガンは、本島北部から中南部にまで及んでいた。本島北部の源為朝伝説のある運天港、首里城や各地のグスク（城）、由緒ある家々。その中には一般人が軽い気持ちで立ち入ってはならない様々な規制のある聖地もあった。琉球の祖霊アマミキヨが降臨したという聖地「久高島《くだかじま》」、世界遺産にも登録されている琉球王国時代の最高の聖地「セーファウタキ（斎場御嶽）」などである。

クイサギ、それは七年間ほど続いただろうか。ある日、母が弟に「全部、終わった。もうすっかり、きれいになった。これからは何も起こらない！」と宣言したのである。

我が家の出来事は決して昔話ではない。島の新聞には「年中行事・法事等の困りごと相談コーナー」があるが、仏壇後継者の悩み、子どもが事故にあったのは何代か前の祟りだとユタの宣託が出たがどうしたらいいのか、山から石を持ち帰って玄関に飾ったら不吉な事ばかり起こるが、などである。

琉球王朝時代から続く旧家やノロ（神女）、門中本家など由緒ある家々の仏間やアシャギには十幾つもの位牌や香炉が祭られ、ただならぬ雰囲気が漂っている。また島中からウガンに訪れる人たちも多い。一面識もない人たちがユタ同伴で突然上がり込んで香炉に線香をあげ、紙銭を燃やしたりして困っている。火事が怖いので鍵をかけたら「拝ませないのか！」と怒られた、との悩みが寄せられたこともある。

ウタキ（御嶽）もパワースポットではない。むやみに立ち入ってはならないし、小石一つ持ち帰ってもならない。

その後、母ユキは娘「陽江」のことを語ることがなかったように、兄「勇」のことも封印し語ることはなかった。クイサギもどこで何をしてきたのか、語らなかった。母はどういう思いで黙したのだろうか。今を生きている私たちのことを思っての事だったのか。あまりの悲しみの重さに耐えかねて心を閉ざしたのか。

兄「勇」が亡くなった時、母ユキはまだ五十歳だった。

27　母　侑貴子《ゆきこ》（ユキ）

母ユキの晩年の口癖が「思い残すことは何もない。いつ死んでもいい」だった。親として、やり切った感があったのか。七人の子どもたちはみな自立し家庭を持って出ていき、年老いたウシと父との三人暮らしになった。母がどういう意味合いで言ったのか、分からない。

七十代半ばからの母は糖尿病の悪化で、入退院の繰り返しだった。宜保のオバァは糖尿病で晩年は寝たきり生活だったが、母たちもその遺伝子を引き継いだ。糖尿病の治療はしていたが、ある朝起きたら左目の瞼が頬まで垂れ下がっていたのである。人の瞼がそこまで垂れるのかと私も驚いた。急いで母を眼科に連れて行くと、すぐに内科に回され入院したのが始まりだった。

インシュリン注射も自分で打ち、愚痴や弱音を吐いたこともなかった。仕事や子育てに忙しい私たちに遠慮したのだろう。通院を頼まれた事もあまりなかった。母は「我慢癖」が付いていた。甘える事や人を使うことが出来ない質だったと思う。

母は六人姉妹の三女である。叔母さんたちは経済力もある優しい夫に恵まれた。宜保のオジィも妻に優しかった。宜保のオバァは那覇市の農連市場で野菜を売った後は賑やかな平和通りに繰り出して、自分や娘たちの衣服を好きなだけ買っていたという。

叔母さんたちは指輪やネックレスでいつも着飾っていたが、母はおしゃれに無頓着だった。母たち姉妹で県外の温泉旅行に出かけたことがある。その時の母のあまりにもみすぼらしい服装にみな驚き同情したらしいが、母自身はそうは思っていなかった節がある。

父にしては珍しいことだったが、家に出入りしていた骨董屋さんから金の指輪を母に買ってあげた事があった。しばらくして、その指輪を母は紛失。指輪はトーニ（豚の餌箱）から出てきたが、豚に噛まれて歪んでしまっていた。さすがの豚も固くて吐き出したのだろう。母はおしゃれに無頓着だった。

一枚の写真がある。宜保の叔母さんと、六歳の私と五歳の従姉妹が写っている。三人ともニコッと可愛く笑っている。私は縞模様の可愛いワンピースを着ているが、よく見ると襟首から別の服がはみ出している写真だ。

父の紹介で銀行に就職した末っ子の叔母さんは、平良の家を度々訪ねて来てくれた。おしゃれで優しい叔母だった。叔母のハイヒールが珍しくてこっそり履いたりしたものだ。その叔母が宜保の実家で同居していた姪と私を、那覇に連れて行ってご馳走してくれたことがあった。その時の私の服装があまりにひどかったのか、市場で子供服を買ってくれたのである。

母は自分だけでなく、娘の私にも女性としての心遣いはあまりなかったような気がする。低学年から皿洗いは娘の私の仕事で、大きな盥一杯の洗い物は子どもには苦しいものがあった。風呂場でうつむいて洗い物をしていた私は、立ち上がった瞬間、貧血を起こして額をタイルに打ち付け三センチほどの怪我を負ってしまった。畑から帰って来た母が心配して声を掛けてくれたが、それだけだった。今でもその傷跡は残っている。

大学の入学式にも人前に着ていけるような私服がなかった。入学式に高校の制服で参加していたのは、私と男子学生の二人だけだった。ビートルズやミニスカートが流行った世代である。みんながおしゃれに敏感だった時代だ。甘えることのできなかった私は授業料免除や奨学金、アルバイトで自分の生活を賄った。

ただ、母は私の成人式には積極的だった。母にしては珍しく父に頼んでお金を出してもらい、初めて二人で那覇市の商店街に出かけた。母とショッピングなんて後にも先にもその時だけだが、いい思い出となっている。お店のウインドーに展示されていた黄色地の着物。娘が無事二十歳を迎えることに、母なりの強い思いがあったかも知れない。

母が亡くなった時、叔母さんたちは「チィちゃん、あんたたちのお母さんは可哀そうだったよ。働く一方でいつもみすぼらしい恰好をしていた。お父さんはトミ姉さんに優しくなかったよ…」と話していたが、姉妹たちとの価値観の違いもあったのだろう。

確かに、父の倹約ぶりは徹底していた。母に手渡す生活費もギリギリだった。私も通学のバス賃が無くて、朝から隣家へお金を借りに走ったことも度々だった。全て、子どもたちに教育と財産を遺すためである。母もそれを理解し納得もしていたのだと思う。

「ンディ、バタバタ」と言う島言葉がある。忙しく働いて手足が汚れ濡れていても洗う暇もなく、バタバタと次の仕事にかかるという意味合いである。農作業、家畜の世話、十一人もの家族の生活全般。雨の日には重たい石臼を回して、畑で採れた大豆で豆腐や味噌まで手作りしていた。そんなンディ、バタバタの日々が長年続いたのだ。

早朝から大鍋で家畜用の芋を煮炊きしていた母。その時間が母の唯一の自由時間だったかも知れない。勉強好きだった母は読書家でもあった。竈の炎の前でページをめくり、小声で歌を口ずさんでいた母を思い出す。

自由になるお金も時間もなかった母に、娘への細かい気配りを求めるのは酷だったのだ。

よくぞ凌いできたと、今になってつくづく母には感服する。考えてみれば私だけが我慢を強いられていたのではない。弟たちも母の苦労を知っていたのか、高校生時代から団地の用水場の夜勤で収入を得ていた。ある意味自活していたのである。

田舎にしては珍しいことに我が家は本が多かった。四畳半の裏座が一部屋あり、勉強室として学年の上から順序良く使用していた。母の影響を受けたのか、兄弟も読書好きが多かった。

部屋には兄たちがアルバイトや奨学金で購入した本が、大量に山積みされていた。国内外の文学全集、漱石や鴎外、与謝野晶子訳の「源氏物語」など著名な本も多かった。

私は中学三年ですでに訳本の「源氏物語」や「カラマーゾフの兄弟」などを読み終えていたし、弟はマーガレット・ミッチェルの「風と共に去りぬ」が愛読書だったと言う。読書に親しむ環境を作ってくれた母や兄たちに感謝している。

また、母がよく歌っていたディック・ミネさんの「人生の並木道」は「泣くな妹よ、妹よ泣くな」というフレーズで始まる昭和の懐かしい歌謡曲だが、なんとなくもの悲しいリズムの歌だった。その歌詞の一部である。

雪も降れ降れ　夜路の果ても
やがて輝くあけぼのに

我が世の春はきっと来る
生きてゆこうよ　希望に燃えて
愛の口笛高らかに　この人生の並木道

ただ、父は父なりに母を大事にしていたことは確かだ。兄たちのいる東京、北海道、戦後にたいへんお世話になった大分やその近県にも何度も夫婦で訪れている。

また母は兄の嫁の出産の度ごとに家を離れ、一ヶ月ほど長期滞在した。東京の小さなアパートである。手伝いといってもたかが知れている。母にとって好きな本を読んだり、時には近場の温泉に出かけたりと、島での多忙な日常から解放された貴重な時間だっただろう。その間、家事全般を高校生だった私が担っていたが、祖母ウシは全く当てにならず学校を欠席せざるを得ないことも度々だった。

花好き、旅行好きの母でもあった。北海道の次兄の元を何度も訪れていた母は亜熱帯の島では見る事のできない花々の写真を数多く残している。ボタン、芍薬、梅、桜、秋の紅葉…。私も父に頼まれて、熊本や大分の温泉、沖縄の離島巡りなど、母をなんども小さな旅に連れ出した。孫たちも一緒である。

母が六十代半ばだっただろうか。ラン農家として軌道に乗ってきた弟は、タイでの苗の仕入れに母を同行している。母ユキの人生初の、そして唯一の海外旅行であった。

バンコクの一流ホテルに宿泊し、豪華絢爛なタイのお寺巡り、有名なサンディーマーケットや水上マーケットでの買い物。通訳の若い女性が母に親切にしてくれたらしい。現地のランの生産業者の手厚い接待。タイの広大な簡易ハウスにもとても驚いている。間口が五百メートル奥行き一キロもあり、ハウス内の移動も車である。台風被害の大きい沖縄では想像もできない広さだ。その旅費もすべて父が出している。

東京大学大学院で併任教授をしていた次兄は両親を呼び寄せ、東大本郷キャンパスを案内。正門から安田講堂に向かう初秋の銀杏並木は色づき始めていた。父はただ淡々としていたらしいが、母ユキは次兄のおかげで東大正門をくぐれたと感謝の言葉を口にしている。その中でも夏目漱石の小説で有名な「三四郎池」を散策できたことにとても感動していたらしい。母の脳裏に小説「三四郎」の場面がよぎったのだろう。大都会の東京で三四郎池周辺に残っている自然の豊かさは予想外だったと語っている。

その母の旅行好きも七十代初めごろまでだった。長年の糖尿病治療、合併症での入退院の繰り返し。次兄は何度も北海道へ誘っているが、もう母が飛行機に乗ることはなかった。

晩年のことだが、物欲のあまりなかった母が珍しく「電子浴治療器を買ってほしい」と父に頼んだことがあった。長年もの間、病に苦しんできた母は何かに縋りたかったのだろう。数十万円もの高価な治療器を父はポンと購入している。

糖尿病の治療を続けながらも自立した生活を送っていた母だったが、八十三歳の初冬、二階の寝室でコードにつまずいて転倒し入院。あっという間に車椅子生活となり施設に入所。

母は入所後も家に帰りたいとか施設は嫌だとか、自己主張することは全くなかった。翌年の三月、母は施設で脳梗塞を起こし救急車で病院へ。姉「陽江」や兄「勇」について黙して語らなかったように、自分の病や老いの苦しみも全く語らないまま逝ってしまった。

母、侑貴子。大正十年生～平成十七年逝去。享年八十四。

お通夜の晩のことである。急いで着替えさせなければならない。母はあまりいい服を持っていなかったが、父が兄たちの結婚式の際に呉服屋に仕立てさせた着物があった。高価なちりめんの黒留袖である。帯も足袋も添えてホッとした時に、叔母さんたちがやってきた。

「チィちゃん。トミ姉さんは、あんたに何もしてあげられなかったから、着物はチィちゃんに遺すと前々から言っていたよ。お母さんの気持ちだよ。すぐに他のものに着替えさせなさい！」

優しい叔母たちに逆らうことはできない。それもお通夜の席である。結局、母の旅立ちは私がボーナスで買ってあげた、それも少し古びた薄紫色の洋服になってしまった。私の生活で着物を着ることは全くない。また着物にも流行があり、体形の違う娘や嫁たちが着る事もないだろう。母を普段着で送り出してしまったことは、私の心の隅に長年引っかかっていた。

父が望んだ自宅でのお通夜。眠る父の傍らに姉の可愛い浴衣とともに母の留袖と帯を入れてあげた。母も納得してくれるだろう。私の気持ちも落ち着いた。カミンチュの上原さんのミーサで出た父の羽織袴。二人は彼岸で、お内裏様のように夫婦仲良く過ごしているに違いない。

28　三男　勇《いさむ》

平成二十年六月二十六日。市内のお寺の住職さんから電話が入った。

「青森県の方がお見えになられて、嘉数勇さんの家を探している。もしかしたら光雄さんの東京で亡くなられた息子さんではないか？」

兄没後、三十九年目のことだった。連絡を受けて駆け付けた私の目の前に、穏やかな風貌の「小林さん」がたたずんでいた。小林さんのお手紙やお話から、私たちの知らない学生時代の兄が見えてきた。小林さんから次兄に届いた手紙の文面の一部である。

私たちは昭和四十二年入学の亜細亜大学の同期でした。学部も違いましたが、同じ講義を受講していた空手道部の方々と知り合い、マージャンのお誘いを受けたりしているうちに嘉数さんと親交が深まりました。

浪人した勇さんは一歳年上だったので「先輩」と呼んではいましたが、遠慮のない付き合いでした。秋田から上京し横浜に住む伯父の家から通学していた私は、先輩の下宿に寝泊まりするほど親しくなりました。二人でラジオの深夜番組で流れる由紀さおりさんの「夜明けのスキャット」を聴きながら他愛のない話に終始し、眠りに落ちることも度々でした。

「先輩、就職はどうするの？」と聞いた際「中小企業がいいな…」と先輩は自分の考えを押し付ける事もなく、笑顔で静かに落ち着いて話してくれました。今振り返ってみると、学生時代から紳士でした。休みで秋田に帰省している折にも、空手道部の合宿の様子などを書き綴った手紙を送ってくれました。そんな先輩と知り合えて、自分は幸せ者だったと思います。

先輩の急逝を構内で知り、たいへん驚きました。その夜とても不思議な出来事がありました。午後七時半ごろ窓の外から自分の名前を呼ぶ先輩の声がしたので、急いでガラス窓を開けて辺りを見回しましたが、誰もおりません。その時から「先輩の遺骨は沖縄に埋葬される。いつか必ず先輩のお墓参りをしたい！」と、思い続けてきました。

青森で就職しましたが、退職間際の平成二十年の事です。社内で三泊四日の沖縄旅行が決まり、やっと約束が果たせる、と心が躍りました。六月二十六日は自由行動の日でした。前日の夜「どうか先輩の家にたどり着けますように…」と祈って寝床に就きましたが、なかなか寝付けません。記憶にあるのは「豊見城」という地名だけでした。

朝の九時。小林さんはレンタカーで「豊見城」という道路標識を頼りにホテルを出発。偶然にも県道七号線沿いの門中墓と実家の前を通り過ぎているが、その時なんとなく気になったという。地域のお寺に行けばきっと見つかるだろうと思ったが、肝心のお寺が見当たらない。困り果てた小林さんは引き返して市役所を目指した。警備員に市内にあるお寺を教えてもらい、他部落の入り組んだ小さな道を迷いながら何とかお寺にたどり着いたのである。

祖先崇拝の強い沖縄では他県と違いお寺も少なく、また檀家制度も浸透していない。小林さんが訪れたお寺は建立して僅か三年、実家のある平良とも離れた部落にあった。兄が亡くなって三十九年も経っている。家族でいろいろ考えて下さったが、結局心当たりがないとのことだった。

諦めてお寺の階段を下りかけた小林さんに「ちょっとお待ちください。知人のお兄さんで、若くして東京で他界なされた方がいると聞いたことがあります」と、ご住職の奥さんが追いかけてきた。

「階段の四段目でした。とても嬉しかった！　安堵感でいっぱいでした。先輩のお墓の前で感謝の思いを伝えることができて、ようやく肩の荷がとれた感じでした」と、小林さんは書き綴って下さった。

兄が亡くなった当時の沖縄はまだ米軍統治下にあり、パスポートやドルへの両替も必要で外国に行くようなものだった。飛行機代は高く学生にはとても手が届かない。東京から三泊、天候や寄港地によっては五泊もの長い船旅で旅費もかかる。遠い青森の地で四十年近くも兄を思ってくれた小林さんには、ただただ感謝しかない。

奇しくもその翌年、群馬県から「白石さん」が兄のお墓参りに来て下さった。兄の空手道部の同期の方だ。白石さんのお話やお手紙から、入部当初や部活動の様子、また兄の最期まで詳しく分かってきたのである。

兄は亜細亜大学に入学すると同時に空手道部に入部している。白石さんも兄とは学部が違ったため講義などでの出会いはなかったが、新入部員は僅か九名、すぐに親しい付き合いが始まったようだ。


私たちは入部と同時に挨拶「オッス！」の仕方から型や組手等、先輩たちから厳しい指導を受けました。夏合宿は青森や群馬に、一月中旬には寒稽古も行いました。嘉数くんは三年次に三鷹のアパートから小金井のアパートに引っ越しています。

新設された体育館の地下道場にはシャワー室がありましたが、温水は出ません。体育系の部活です。みんな「銭湯代が助かる」と練習後にはそのシャワーを利用していました。勉強の空き時間には麻雀やパチンコ、飲み会等を楽しくやっていました。メシは学生食堂です。当時は百円前後で定食や麺類が食べられ、安いのでよく利用していました。

試合は、日本武道館でした。空手道部はあまり強くなかったのですが、当時の亜細亜大学は野球部がとても強く、有名なプロ野球選手も輩出しています。決勝戦の時にはみんなで空手着を着て神宮球場まで出かけ、応援部や吹奏楽部と一丸となってエールを送ったものです。

卒業目前の二月の春先のことでした。珍しく嘉数くんが練習に来ないので、私はアパートに様子を見に行きました。するとコタツの中で「頭が痛い…」とグッタリしており、驚いた私は急いで救急車を呼び、同乗して病院まで行きました。すぐに緊急入院となったのです。手帳にあった電話番号で東京にいるお兄さんに何度も電話しましたがなかなか繋がらず、とても不安で時間が長く感じました。嘉数くんと最後に交わした言葉は、

「何か食べたいものがあるか？」

「餃子が食べたい…」

「今度来るとき買ってくるからな！」

残念ながらその約束は叶えられませんでした。


真冬の二月。練習後の兄はいつものように冷たいシャワーを浴びて帰宅している。翌日、部活動に熱心な兄が休んでいることに不安を覚えた白石さん。高熱で意識も朦朧とする中、たった一人で不安と恐怖に慄いていただろう兄。部屋を訪れた白石さんの声を聞いてどんなに救われた思いだったのか！　また父が息子の最期を看取ることができたのも、白石さんのおかげである。兄は一人ではなかった。

それだけではない。三年次より亜細亜大学空手道部の主務（マネージャー）、また学友

会（生徒会）役員を務めていた白石さんは兄の最期に寄り添ってくれただけでなく、最大の力を尽くして下さった。体育館前での亜細亜大学初の「追悼式」を執り行ってくれたのだ。空手道部、体育会、学友会等多くの学生たちが見守る中、吹奏楽部と応援団の応援歌で「亜細亜大学空手道部副主将」だった兄を、最後のそして盛大なエールで見送って下さっている。

私たちは追悼式のこともつい最近、次兄と白石さんの交流を通して知ったのである。兄「勇」が荼毘にふされた後、次兄は父に急かされて北海道に戻っている。大学の卒論とは違い、質、量ともに高度な内容が要求される修士論文。今まで積み上げてきた努力、そして将来が掛かっていた。残っている時間は三日だった。不眠不休で論文を仕上げ締め切り間際で提出しているが、次兄もあまりの出来事にその時の記憶は曖昧である。

父の遺した回想ノートには、息子の空手着に身を包み空手の型を手向け、その型を公の場で演じることを禁止したと、わずかに書かれているのみだ。型の名も、演じた場所も、何も書かれていない。

原稿用紙にも十数ページにもわたり連綿と「県外に進学させなければ良かった。家に帰りたいと言ってきた時、その気持ちを受け入れれば良かった。勇が生きていれば……」と記されているが、兄の最期や葬儀のことはほとんど触れられていない。父も記憶を封印したのである。

お二人の訪問は嘉数家にとって救いだった。私たち家族に長年暗い影を落とし続けていた、兄「勇」の突然の死。兄がどんな学生生活を送っていたのか、友だちはいたのか、卒業後、島へ帰って何をしたかったのか。私たちは何も知らなかった。

何十年も兄を思い続けて、遠くからお墓参りに来てくれる友人たちがいた。兄の学生生活はたいへん意義あるものだった、と心が軽く明るくなったのは確かだ。お二人への感謝の念は今でも堪えない。


令和二年七月七日。実家、上ヌミーヤ小の仏壇後継者も無事に決まり、父の一年忌を身内だけで無事に終える。終息の気配が全く見えないコロナウィルスのため、北海道の次兄は出席を遠慮した。

令和四年の春。次兄も八十代を迎えようとしている。身辺整理を始めたのだろうか。父や母の大量の日記やノート、兄のアルバムなどを持ち帰った次兄だったが、私のところへ送り返してきたのである。北海道育ちの二人の娘は嫁いでいる。このまま自分が持っていても娘たちが困惑するだけだと判断したのか。

改めてじっくり目を通して、気付かされたことが多い。兄「勇」に対する私の思い込みだ。自分の見てきた兄とは違う兄がいた。仲が悪かったと思い込んでいた私だったが、兄の遺品の中から大学生だった私が兄に宛てた数枚のハガキが出てきた。インクも青く変色し、復帰前の琉球切手が貼られている。

五十数年ぶりに見る私の拙い字。学生生活への不満、将来への不安などが小さな字でハガキの裏面一杯に書かれている。兄に人生相談をしている私がいた。仲は悪くなかった。あまりにも近すぎて遠慮のない兄と妹だったのだ。

島から都会へ進学した同級生や空手道部の友人たちからの手紙もあった。親への経済的な負担等の相談事が多かった。高校の同級生だった女性からの手紙は、さすがに読むのに抵抗があったが杞憂だった。男女の枠を超えた手紙で、県外進学者としての共通の悩みなどが率直に書かれていた。私にはそんな異性の友人などいなかった。

母からの手紙には「お金は足りているか。必要な時には遠慮しないように…」との文面が多かった。その当時、就職していた長兄を除いて七人もの学費を父たちは背負っていた。帰省した折は母の農作業をまめに手伝っていた兄。親の苦労を知っていたのだろう。

思い込みはそれだけではない。兄のアルバムから一枚の写真が出てきた。そこには十八歳の私がいた。あんがい可愛いのだ。豚小屋のぶどう棚の下で、野菜の入った籠を抱えてにこやかに笑っている。格子柄のワンピースにも覚えがある。

学生時代の私の写真はほとんどない。東京へ就職した後、新築した家への引っ越しのどさくさで処分されてしまったからだ。兄が私の写真をアルバムに残してくれたのもうれしかった。

自己肯定感が低かった私。自分に自信が持てなかった青春時代。つくづく若さを無駄にしてしまった。「ああ、もったいない！」と思った瞬間だったが「自分が一番自分を客観視していなかったのだ」と、苦笑いしている自分もいた。娘も孫たちも「これ、ばあちゃん？　可愛いね！」と言ってくれたのも嬉しかった。

父と兄「勇」の写真もある。

離れの屋上で六尺棒を構えている父と、ほぼ同じ場所で空手の型を演武している兄の写真。二枚とも色あせているが、背景の大城森の木々から同日の写真だということが推察される。父と兄との間で「手」の交流などなかったというのは、とんでもない思い違いだった。私の無関心さがそういう思い込みを招いたのだろう。

兄のアルバムには、畑や空き地での空手着姿の写真も数枚貼られている。亜細亜大学空手道部の友人たちも一緒だ。父に型や武具の使い方を教えてもらっていたのである。

また、兄がビールの空き瓶の口を、スパッと手刀で薙ぎ払った瞬間を捉えた写真もある。撮影した弟の話では、二回目に見事成功したとの事だった。

面白いことに、父のノートにも似たようなエピソードが記されている。那覇で馬車ムチャーをしていた頃のことだ。仲間内で父の「手」が話題に上った。

「武士、松村は指で茶わんのふちを欠け飛ばしたというが、光雄はできるか。できないだろう！」

「できる。では賭けるか！」

父は水の入った茶わんの淵を、中指の関節一発で見事にピシッと弾き飛ばした。父らしく「儲かった」との一文も添えられている。父に一番近いのは兄だった。

兄のアルバムには空手道部の合宿や試合の写真が多い。いかに兄が空手に打ち込んでいたかがよく分かる。空手道部の友人二人を引き連れて帰省したこともあった。父に指導を受けたのだろう。サトウキビ畑を背景に空手着姿の父と一緒に移っている写真が残っている。

アルバムの写真には兄の手書きの文が添えられていた。

★嘉数勇の「勇」は勇気の「勇」。

★たとえ失敗の連続でも、その受け止め方次第で人生は変わっていく。失敗に悩み苦しむ時は誰にでもあるけれども、苦しみに耐えて人は大きくなる。

「空手」に打ち込む兄がいた。

★空手部に入部した時からいつも緊張した毎日だ。だが、今日まで一日も休まなかった。精進あるのみ。
★左手に持っているサイは反対で、先の方が下向きにならねばいけぬ。棒をまだ腕で受けることができない。
人生に迷い、自分を叱咤激励する兄がいた。
★季節の変わり目はいつも寂しい。しっかりした自分を作らねば。
★人間の本来の姿は孤独なのかも知れぬ。孤独の中に孤独を求めるか。衆の中に孤独を見つけるか。
ユーモラスな一面もあった。笑える兄がいた。
★写真を見れば俺もつくづくいい男だと思うけれど、これはカメラの位置がいいのであって、写真ほどの男前ではない。
★小橋川君が上京する。一週間ほどいたけれど何もしてやれず。上野に行って写真を撮る。西郷どんはハトの糞だらけ。

29　父と私

兄が亡くなった翌年、大学を卒業した私は東京の小さな出版社に就職。団塊の世代最後の昭和二十四年生まれの私たちは大変な就職難だった。友人の安アパートに数ヶ月泊まり込んで猛勉強し、県立高校教職の採用試験に現役合格。とても狭き門だった。ところがフッと「このままでいいのか？」と躊躇してしまったのだ。

高校三年に進級したころだったか。父が那覇市内の知人の雑貨屋に私を同伴。父と二人だけで外出など滅多にないことだった。

「女は浪人させない。金の掛かる私立にも県外にも行かせない。大学受験に失敗したら、この店に雇ってもらう話がついているから！」

父は本気だったのか、叱咤激励のつもりで脅したのか。今でも分からない。

その店は農連市場の片隅にあった。南部一帯の農家の人たちが採れたての野菜などを売りにくる市場だ。大きな市場だったが、終戦直後に地主も曖昧な土地にできた闇市のようなものだった。継ぎ接ぎのトタン屋根で覆われた、赤土のままの市場。雨が降れば泥だらけになった。母も宜保の叔母たちも地べたにザルや風呂敷を広げ、野菜を並べての相対売りだった。

お店は間口が一間半もない、小さな雑貨屋だった。土間の上に裸電球がぶら下がり、昼でも薄暗い店。父の言葉に震えあがった私がいた。十七歳だった私は「自分が何を学びたいのか、将来の人生設計は？」など考えるゆとりもなく、ただ読書が趣味と言うだけで文学部を志望。ひたすら現役合格を目指してしまった。

幸運な事にストレートで琉球大学文学部に合格したが、入学金や授業料など初年度の出費は大きい。父は祖母ウシに似て言葉がきつかった。「床柱代が無駄になった」と言われた時、言い返せば良かったのだ。父は聞く耳を持っていた人だったのに…。

嘉数家唯一の後継者「男子」として大事に育てられたせいか、父はミソジニー（女性軽視）の傾向があった。娘の私は幼いころから「女性」というだけで日常的に差別を受け、甘える事を拒否される日々が積みかさなっていたせいか、素直に自己主張が出来ない性格になっていた。進学、就職、結婚という人生の大事な節目も両親に相談したことはない。意地っ張りで、拗ねた可愛げのない娘だった。

ただ振り返ってみると、両親のおかげで自立心や経済観念は育った、と思う。家庭教師や喫茶店でのアルバイト。授業料免除。奨学金も給付型奨学金を受けた。貸与型奨学金の返済の大変さを知っていたからだ。そのために成績維持にも努力した。学業も仕事も子育ても、反省や後悔も多いがやり抜いた感はある。病に苦しんだ母ユキや独り暮らしの父の世話も、振り返れば気配りの足りない所は多々あったが、仕事をしながらである。私なりに精一杯だった。

大学卒業直前の二月。就職まで漕ぎつけて一息ついた私だったが、迷いが生じてしまったのである。兄の死も影響したかも知れない。亜熱帯の島では「枕草子」の冒頭「春はあけぼの…」のような、四季の季節感がない。雪に憧れた子ども時代。国文学専攻。このまま、島の中だけの人生でいいのか。一度は四季のある風土に身を置いてみたい…。配置校まで決まっていたが辞退、そして県外に仕事を探したが遅すぎた。結局、父の世話になるしかなかった。父の友人の紹介で東京の官公庁相手の小さな出版社に入社したが、それもわずか一年間の都会生活で終わった。

人は「山人間」と「海人間」に分けられると聞いた事がある。仕事に不満はなかったし、都会生活もそれなりに魅力的だった。

ただ海が見えない生活、アッという間の日暮れの速さ、黒い海と砂、都会の家並みを囲むかのように遠くの青い山々…。満員の通勤電車の中で訳もなく涙が流れた。風土になじめかった自分がいた。

自分が海人間であることをつくづく思い知らされ、職場に迷惑を掛けてしまったが悔いなく帰郷したのである。兄も東京での浪人時代、父に度々「沖縄へ帰りたい！」と訴えているが、父はその都度「辛抱するように…」と説得している。兄も海人間だったのだろうか。

30 幸運の神「カイロス」

糸満市摩文仁の丘「平和の礎」には国籍を問わず、沖縄戦で亡くなられた全ての人々が刻銘されている。令和四年現在の県外刻銘者数を見ると、北海道が一万八百五人と圧倒的に多く、続く福岡県の四千三十人を大きく超えている。戦時中の我が家にも第二十四師団（山部隊）の兵士たちが割り当てられ宿泊している。満州から沖縄の最前線に移動してきた山部隊は、北海道出身者が多かった。

激戦地の糸満市。その中でも真栄平《まえひら》部落では多くの方々が戦禍で亡くなられた。それは住民の五十五％以上とも、三分の二だったとも言われるほどである。

戦後、豚の売買や種付け業を営んでいた父は交際範囲が広く、摩文仁や真栄平部落にも知人が多かった。父から聞いた話である。真栄平の村人たちは、農作業に出るときカシガー（麻袋）を馬車に積んで出かけた。屋敷や道端、畑や山野のいたる所に遺骨が散乱していた。その遺骨を納めるための麻袋である。

収集された遺骨はガマ等に安置され供養された。昭和四十一年、村人たちによって南は沖縄から北は北海道までの方々を追悼する碑「南北之塔」が建立された。碑の側面には「キムンウタリ（アイヌ語で山の同胞）」と刻まれている。

ギリシャ神話で有名な幸運の神「カイロス」。前髪はフサフサだが、後頭部はツルツルに禿げているという。チャンス（好機）はその時すぐに捉えなければならない、という教えだ。

米軍統治下の昭和四十二年三月。琉球大学工学部卒業を目前に、次兄は人生に悩んでいた。就職も決まっていなかった。何をしたいか分からない自分、先が全く見えない自分は「井の中の蛙」のようなものだと…。その次兄の前にカイロスが好機を運んできたのである。カイロスは北海道大学工学部教授の星光一先生だった。

日本の工学部の最先端を行く著名な五人の大学教授が台湾に招かれ、講演会が持たれた。その帰りに沖縄に立ち寄り、琉球大学工学部教授たちとの交流会が持たれたのである。その場で星先生から「沖縄の未来のためになる人材を育てたい。琉球大学から助手を一人引き受けたいので推薦してほしい」との話が、恩師の真喜志先生に持ち込まれた。翌日、教室の前でたむろしていた学生たちに「誰か、希望する者はいないか？」と、真喜志先生が声を掛けてきた。一瞬シーンと静まり返ったらしい。その時サッと躊躇なく手を上げたのが兄だった。

四月一日、次兄は那覇軍港から船で鹿児島へ上陸。重たいトランクを引きずりながら一週間がかりである。札幌へ到着したのが四月七日。下宿先が見つかるまではと、北大の宿泊所である宮部会館に宿泊。古い二階建ての日本家屋だが、一階には暖炉のついた広い応接間がありすでに先客がいた。次兄と沖野教郎先生との出会いである。

沖野先生は星先生の誘いで、京都大学から助教授として転出してきたばかりのまだ三十三歳の優秀な研究者だった。最先端の研究、コンピューターによる自動デザイン「三次元ＣＡＤ」を始めたいとの強い思いを抱いて新天地にやってきたのである。その出会いも星先生が運んできた幸運だった。のちに星先生の推薦で沖野先生のもとで同じ研究に取り組むことになる。兄との出会いを記した沖野先生の一文がある。

夕刻、宿舎に帰って一休みしていると、管理人の宮城さんがやってきて「今日は満室なので相部屋になります」と、一人のがっしりとした青年を連れてきた。沖縄から来たとかで田舎出の素朴な青年と言えば聞こえはいいが、京都的な礼儀作法とは無縁の大きな顔をしている。私が寒さで鼻をすすっていると「薬を持っているから飲んで下さい」と風邪薬をくれた。見かけに似合わず親切で気遣いのある男だなと思った。

翌日、大学から宿舎に帰ると、宮城さんが「二階の部屋が空いたので移ってもらいます」と言う。てっきり後から来た青年が移るものだと思っていたら、なんと私を指名してきたのだ。宿舎では最上格の暖かく広い応接間から、二階の寒くて古い和室に追い出されたのである。その翌日、雪に足を取られながら帰ってきたら、玄関わきの台所のあかあかとした灯りの下で、くだんの青年が美味そうにジンギスカン鍋をつついているではないか。「やりおったなあ！」と思った。どうも宮城のおばさんに気に入られたようだ。

ガシュマルの木の下で撮られた一枚の家族写真。生気のない痩せ細った高校生の次兄がいる。病気休学し猫汁を食べていた頃の写真だ。

米軍統治下にあった一九五三（昭和二十八）年、国費留学制度が始まる。沖縄出身者の特別定員枠を設け、選抜試験に合格した生徒を支援するための制度である。学費は日本政府より支給された。合格した生徒は「国費生」と呼ばれ、当時の沖縄ではエリート扱いだった。

次兄も国費生を目指して受験する。一次の学科試験は好成績で合格するが、二次の面接で不合格となる。翌年も二次面接で不合格。当時の兄の体重は三十八キロだったという。一年半にも及ぶ病気休学、明らかに病弱そうな身体がネックとなったのか。次兄は、国費受験を断念し、琉球政府立琉球大学の工学部を一般受験、無事合格する。いい成績だったのだろう。入学と同時に米軍奨学生に推薦され、奨学金を給付されている。

大学入学と同時に、次兄は体質改善を決意する。有志を募り空手部を設立。剛柔流の道場にも通っている。小食だった兄だが、意識的に食べることにも努力した。その費用は全て家庭教師や設計のアルバイト、奨学金で賄った。ひたすら食べ、歩き、空手に打ち込んだ次兄の体重は、大学卒業時には六十五キロへ。沖野先生が回想文に書かれたように「がっしりした青年」になっている。

当時、国立北海道大学助手の採用条件は、同大学院卒、定員に空きがあっての採用だった。他大学の、それも大学院卒でもない助手採用は前例のないことだった。台湾講演から帰国した星先生は、工学部教授会や事務局等の説得にたいへん苦労なさっている。

また採用の際、兄は文部省より「日本国籍」への変更を求められる。国立大学の職員は国家公務員である。日本国籍でない助手の採用は前例がなかった。しかし次兄は強く断っている。その時の心中を「日本国籍への変更は、ウチナーンチュ（沖縄人）である自分のアイデンティティを否定するようなものだ。また自分は嘉数家本家、ミーヤ小の後継者でもある」と、語っている。

当時、国費生として県外国立大学へ進学。卒業後も帰ることなく県外就職し、日本国籍に変更、また沖縄独特の姓を本土風に改姓した人たちもいた。

北大の加工工学部助手としての生活が始まった兄だったが、自分の無力さ、無知さに激しく打ちのめされる。星研究室で他の技官たちと長時間椅子に座っての仕事。腕力、体力中心の学生生活で真面目に机に向かった事のない兄は、ただただお尻が痛くてたまらなかったらしい。ゼミも意味不明である。助手の仕事をしようにも、その資料論文は英語やドイツ語で書かれ、全くチンプンカンプンで異次元の世界だった。それでも学生たちからは「嘉数先生」と呼ばれる。

兄は、学生たちが八月に行われる修士試験に向けて必死で勉強しているのを見て、初めて大学院制度があることを知る。復帰前の琉球大学に大学院は設置されていなかった。肩書だけで中身のない自分を恥じる日々が続いた。

夏休みに入り、帰省する次兄を札幌駅で見送った技官の梅津さんと宮城のおばさんは「嘉数くんは、もう二度と札幌には戻って来ないでしょうね！」と、二人して思いが一致したぐらい兄は落ち込んでいたらしい。

子供たちに教育を受けさせるために迷いなく働く父、その父をンディ、バタバタしながら支える母。兄は腹をくくる。自分を高めるしかない、真剣に勉強したい。そのためには助手を辞職するしかないと…。翌年の二月には大学院修士課程の追加募集試験が予定されていた。八月末、北海道へ戻った兄は大学院受験の許可を得ようと、星先生の研究室のドアをノックする。

採用に苦労したその助手が、半年もしないうちに退職を願いでたのである。星先生もさすがに驚いたらしいが、兄の熱意を汲んで下さった。会津若松藩の武士の家系を引く星先生は、懐の深い温厚な方であった。会津の方々は幕末期の戊辰戦争で福島を追われ、青森や北海道へと流浪の苦しみを味わっている。

その後の兄の記憶は吹っ飛んでいる。いつ退職したのか？　受験手続はどうしたのか？　十二科目もの受験科目。琉大では学んだことのないドイツ語や専門科目…。宮城のおばさんが「気が狂ったのでは？」と心配するほど勉強している。修士試験がとても厳しいことを周知している星先生は「嘉数くん、大丈夫か？　お願いだから白紙だけは出さないでくれ！」と心配してくれたが、奇跡的に合格。

合格発表の翌日、星先生は兄のために新しい道を開いてくれている。

「嘉数くん。良かった、良かった。わしもうれしい！　君は全く新しい研究をしてほしい。

話はすでに通してあるから、沖野先生を指導教官とするように！」

宮部会館事件以来、一年ぶりの沖野先生との本格的な出会いだった。その時、沖野先生は異例の若さで北海道大学工学部教授となられていた。兄は先生の元で最先端の研究に携わる一員となる。沖野先生はのちに京都大学に戻り、名誉教授となられている。

両先生との出会いがあってこそ、兄の今があると言える。特に星先生は兄のために陰になり日向になり、骨を折って下さった。度々自宅に招いてご馳走してくれただけでなく、様々な出会いの場に兄を同伴し、学会のみならず政財界のトップクラスに紹介、兄の人脈を広げて下さっている。

「これはおれの沖縄の息子だ。我々は沖縄に済まないことをしてきた。その償いのためには、将来の沖縄を背負って立つ人材を育成することが大事だと思っている。嘉数くんをそのために育てたい。ご指導よろしく頼む！」

星先生の公私に渡る次兄への支援、大学院時代を支えた両親の惜しみない援助。期待に応えた次兄は米国留学等、研鑽を積み人脈を広げている。その帰途に兄らしくバックパッカーとして数ヶ月もヨーロッパを放浪。当時、日本の時計はとても評判が高かった。パキスタンで現地の絨毯屋に請われ腕時計と絨毯を交換。筋骨隆々の兄は、その重たい絨毯を背負って旅を続け帰国している。

中国やヨーロッパにも招聘され、北海道大学先端科学共同開発センター長、北海道情報大学学長、北海道大学名誉教授、沖縄県参与等を勤め、農業など他産業へのＩＴ拡大などに貢献。また後進の指導にも力を注ぎ、多くの工学博士等を輩出している。

意志が強く猪突猛進。しかし兄の人生も順風満帆だったわけではないだろう。口には出さないが、大変な苦労や障害もあったと思う。とは言え、学者肌の真面目一方でもなく、どこかうっかり者の兄でもあった。

昭和四十四年四月。次兄二十八歳。学生時代から長年付き合っていた方と結婚することになった。当時、指導教官だった沖野先生が結核で病気休職。自分の研究や勉強だけでなく、沖野先生の補佐を任され多忙を極めていた次兄は、結婚式当日の披露宴開始時間ギリギリに会場に到着する予定だった。

当時の沖縄の披露宴は招待客が百〜二百人。ところが開始時間を過ぎても新郎が来ない。会場中が騒然とし始めたころ、兄から電話が入った。兄はパスポートの有効期限がとっくに過ぎているのに、全く気付いていなかった。那覇空港の入国管理局で足止めをくらっていたのである。

父はすぐにその場にいた国吉さんに相談。父の同窓生だった国吉さんは県警察本部のトップクラスだった。国吉さんはタクシーを飛ばして那覇空港へ。入国管理局に交渉し、兄はやっと入国を許可されたのである。予定より二時間近くも遅れた結婚披露宴。控室での兄嫁の不安そうな顔が今でも記憶に残っている

苦楽を共にしたその伴侶を六十代半ばに病気で失っている。また次兄は母ユキの糖尿病の遺伝子を引き継いだ。ボロボロになった心臓周辺の血管を移植する、十時間にも及ぶ生死にかかわるような手術を受けている。それは臨死体験をするほどの大手術だった。

しかし学生時代の気質は変わらなかった。術後三ヶ月で北八ケ岳登山。主治医に「嘉数さん。命を取るか、楽しみを取るかですよ」と忠告されるが、「もちろん、楽しみです！」と決行している。今でも糖尿病の合併症や高血圧などの病を抱えながらも、北海道の原生林に分け入り、熊野古道を歩き、高野山などの古寺巡礼にと、前のめりに生きている。

幸運の神「カイロス」。父にとっては恩師、又吉眞光先生であり、大分の平山照夫氏であった。お二人だけでなく、出会った方々の中にも多くのカイロスがいただろう。次兄も旅先で知り合った方々と深いお付き合いをしている。父も兄もたまたま運が良くてカイロスと出会ったのだろうか？

貧乏から抜け出すためには強くならなければならない、柔道の猛者に負けた時にも「どうすれば勝てるか！」と、父は必死で考え行動している。チャンスに障害は付き物だ。逃

げるとか妥協するなど、父の選択肢にはなかったに違いない。父はただひたすら腹を据えて障害を突破し、前へと突き進んでいる。

こうして父や次兄の生きざまを振り返ってみると、父や兄自身にカイロスを引き付けるエネルギー、人を受け入れる間口の広さ、強い意志と前へ突き進む行動力があったのではないか。人はだれでも人生のどこかでカイロスに出会う。カイロスの前髪をつかむのは、その人自身に掛かっているのだと…。

31　父と家

一年間の東京生活から戻ってみたら、あの懐かしいアカガーラヤー（赤瓦家）は取り壊され豪華なコンクリートの二階建ての家に変わっていた。

台風銀座とも言われた沖縄では、頑強なコンクリートの家が次々と建築されていた。戦後のトタン屋は強風が吹けばすぐに屋根がめくれてしまい被害は大きいものがあったからだ。だが、ほとんどの家がコンクリートブロックを積み上げたものだった。

父の新築した家は当時としては珍しい生コンクリート流し込みの家である。赤瓦を乗せた片流れの屋根も斬新だった。庭には本家ミーヤ小の仏壇を祭るためのアシャギ（離れ）も建てられていた。

床柱は島では高級なチャーギ（イヌマキ）の柱で、襖も棟梁と鹿児島まで出かけて買い付けてきた一枚板であった。大城森の緑に囲まれ、赤瓦の屋根が斜めに走った洋風の家はとても目立った。見学者も多く、観光バスのコースにも入っていたらしい。兄「勇」の死後一年半も過ぎていなかったのではないか。家の中が暗澹として落ち着かず、母はクイサギに走り回っている最中だった。

団地が出来てから村は新築ブームだった。コンクリートの豪華な家が次々と建築されていた事もあったが、振り返ってみると父にはそうするしかなかったと思えるのである。

仮住まいを含めると、父は二十歳でミー島小に赤瓦家を建て、九十九歳で亡くなるまで五回も家を建て替えている。父、重保の借金返済、戦争による焼失、佐賀のミツおばさんからの取り立てなど苦難の連続だったが、その都度父は家の建築に取り掛かっている。兄の死も、家の建築に集中することで乗り越えようとしたのか。

そのころには、農村でも豚を飼う家が少なくなり種付け業も衰退していたが、家畜好きの父はまだ数頭の豚や牛、山羊などを飼育していた。六十代半ばだっただろうか。風邪一つ引いたこともない頑健な父が、鼻から突然大量出血し入院手術。豚舎で鼻を強打したのである。気の強い父ではあったが血を見ることには弱かった。鼻の手術以降、父は養豚業から手を引く。

しかし、その家には十年も住んでいただろうか。あのクネクネ折れ曲がった県道七号線が団地入り口に向かって一直線に拡張されることになり、轟川沿いの傾斜地だけでなく上ヌミーヤ小屋敷も立ち退き、埋め立てられることになったのである。

父は新しくなった県道七号線沿いに家を新築する。大城森の山頂近くの土地だ。見事な石垣、大きな庭に鯉が泳ぐ池。植木屋が入り、琉球松の大木やチヤーギの木が植栽された。大分の平山さんご夫妻が沖縄にいらした時のあの琉球松も移植している。

子どもたちはみな独立している。五十坪余りの二階建ての家は、祖母ウシと母の三人暮らしにしては大きすぎる家だった。父は弟たちを指図して命綱を腰に巻いて屋根に上り、赤瓦を剥がして新築の家に再利用。石好きの父はまたも職人たちに混じって石垣を積み、庭に芝を張った。弟たちも大変な仕事だったと振り返っている。

同時に父は、本家ミーヤ小の再築にも取り掛かっている。戦後すぐに建てたトタン家を取り壊して、コンクリートの家に建て替えた。預かっていた本家の仏壇を祭るための家だった。その家にもチャーギの床柱、鹿児島から買い付けた壁板や襖の一枚板まで再利用している。

大城森もすっかり消え失せて、今ではその面影は全くない。山頂は宅地化され、山の端は高速道路の入り口と化した。埋め立てられた谷間は総合グラウンド、市民会館や公園、社協会館と市民の憩いの場になっている。

母ユキの死後、父は一人でその家で暮らした。庭は巨大な石だらけだった。北海道の次兄の「学長就任記念碑」と亡き兄、勇を偲んで「押忍」と彫られた石碑。兄のアルバムから写し取った字である。七基もの石灯篭。庭師にうまく押し付けられたのかクジャクやトラの大きな石の置物など、あまりにも多すぎて雑然とした庭だった。

ある日、また大きな石灯篭を買おうとするので「通りがかりの人たちにお寺と間違えられているよ！」と、止めたことがあった。石好きにしては度が過ぎている。「どうして、そんなに石を置くの？」と尋ねると、父の返答は意外なものだった。

「大きな石を置いておくと、この家を売ろうとしても売れない」

「今の時代、クレーン車ですぐ撤去できるから無駄だよ」

「シヌヤー売イネーし、イヤーヤーヌメーンカイ、立チュンドー」

父は私に「この家を売ったら、あんたの家の前に霊になって立つからね！」と、言ったのである。呆れた私は、笑って言い返したことがある。

「どうして私なの？　筋違いだよ。娘は仏壇とは関係ない、大学出しただけでも有難いと思えって言ったのはだれ？　売った人の家の前に立ってね」

父は人生の集大成ともいえる上ヌミーヤ小屋敷と家、仏壇を引き継いで大事にしてくれる後継者を強く望んでいたのだ。

32　父と「手」

県内二紙の新聞切り抜きと写真がある。

切り抜きはいずれも平成十六年四月二十九日付け。見出しは「嘉数光雄氏に範士十段認定」。沖縄空手・古武道連盟の湧川会長や役員の方々と並んで、認定賞状を手にした父の写真や紹介文が掲載された記事だ。範士十段は空手・古武道の最高段位である。十二歳で恩師、又吉眞光師との運命的な出会いから七十数年が経っている。認定時、父は八十五歳だった。

写真は平成二十年十一月。「沖縄空手・古武道連盟　創立二十八周年記念　演武大会」と書かれた幕が張られた舞台の上に、総勢五十数名が三列に並んで写っている記念写真だ。前列中央の連盟会長のすぐ右横に来賓のリボンを胸にした父がいる。父は当時八十八歳。

大城森の赤瓦の家に住んでいた頃から、国内外からの空手関係の来客が多かった。父は請われて諸大会に来賓として出席し、時には「型」を披露することもあったらしい。湧川会長が他の関係者と父を迎えに来てくれたのを、私も何度か見かけている。弟たちも頼まれて送迎することもあった。

ただ、父がどこで何をしてきたのか、語ったことはあまりなかった。頼まれたから出かけたという感じだった。今にして思えば親不孝だった。父の範士十段授与のお祝いも私たちはしてあげていない。

父にとって「手」とは何だったのか。

「ヒンスー（貧乏）は怖いよ！　ヒンスーすると、人も離れ、知恵も離れていく」と、回想ノートに記していたように「貧乏」から脱するためにどうしても「強く」なることが必要だった。厳しい世間と戦うための武器が「手」だったのだ。父には何かしら強いオーラがあった。その父の自負心を培ったのが「手」だったのではないか。

父の時代には「手」は人々の生活に深く根ざしていた。旧暦の八月十五日に各地で催される大綱引きや地域の伝統行事、琉球舞踊や芝居を見ると、そのことが良く分かる。

だが、私たちは父の「手」は他の人よりは少しは優れた、単なる特技のようなものだと思い込んでいた。父亡き後に、父が空手・古武道関係の方々から「隠れ武士」として高く評価されていたことを初めて知ったのである。

「古武道の教えを乞うために何度か嘉数さんの家を訪れたことがあったが、嘉数さんがまともに玄関から出てきたことは一度も無かった。庭の植え込みや勝手口など、思いがけない所から突然出てきた。もし訪問者がかけ試しや敵意を持った人だったならば、玄関のドアを開けた瞬間やられるだろう。若い時の用心深さが身に着いていた方だった。嘉数さんは沖縄最後の隠れ武士だった」

弟も父と似た方に出会っている。すでに運転免許証を返納していた父に頼まれて南部の南風原町に出かけた時のことである。父は八十歳ごろか。用事を済ませた帰り道、ある部落を通りかかった際「古い知人がいる。ここには滅多に来ないから寄って行こう」と、一軒の家に立ち寄った。

「アイ、光雄ヤアラニ。ミードゥサタンヤー」

「おや、光雄ではないか。長らく会ってなかったねえ」と、出てきた方は八十代後半のごく普通の農家のお年寄りである。若い時は「隠れ武士」と一目置かれた人だった。棒の使い手として名を知られ、かけ試しで負けたことがなかったらしい。

当時は「手」は実戦重視だったのだろう。この方や父のように、流派に縛られず弟子も道場も持たず、名声も求めず、ひたすら強くなるために鍛錬を重ねた「隠れ武士」、優れた「手」の使い手が島には他にもいらっしゃっただろう。その方々も多くが鬼籍に入られる年齢だ。時の流れの中に埋もれ、忘れさられていくのが惜しまれてならない。

そして父を可愛がり育ててくれた恩師、又吉眞光先生との出会いが父の世界を広げ、心身ともに父を鍛え上げてくれた。「手」を通しての広い交友関係は、父の生涯の財産にもなったことは確かだ。

また、父は眞光先生の息子の又吉眞豊氏が、金硬流空手古武術後継者として保存継承に努め、沖縄だけでなく海外にまで普及させた功績をとても高く買っていた。又吉眞光先生の面影を重ねていたのだろう。又吉眞豊氏、七十六歳で逝去。志し半ばで亡くなられたことが惜しまれる。

父が九十歳前ごろだったか。夕方、実家を訪ねた時のことである。父は数名の空手関係の方々を玄関でお送りしている所だった。請われて武具や空手の型を演じたのであろう。ところが、父の顔をみると真っ青で血の気がない。立っているのがやっとという感じである。父は軽い心筋梗塞を再発していたのだ。以来、父が公の場で演武することはなかった。

それでも父は庭の隅にある巻き藁での突き、サイや棒などの鍛錬を欠かしたことはなかった。雨の日は家の廊下を何周も歩いて、足腰を鍛えていた。九十二歳の時に同乗していた車の事故で圧迫骨折。腰も曲がってきた父だったが弱音を吐いたことはない。九十四歳。曲がった腰でサイと棒の鍛錬に励んでいる写真が残っている。

父の人生の目的は、子どもたちをヒンスー（貧乏）な目にあわせないために、学歴と財産を与えることだった。そのために父と母は必死に生きてきた。その父を支え続けてきたのが「手」だったのではないか。

私も後期高齢者という年齢に近づいてきて、つくづく思う事がある。仕事であれ趣味であれ、好きなものに長年楽しく打ち込んでいる人にはとてもかなわない。「富岳三六景」で知られた江戸時代後期の高名な浮世絵師「葛飾北斎」の晩年の言葉を思い出す。

「天、我をして五年の命を保たしめば、真正の画工となるを得べし」

江戸時代の平均寿命は短い。北斎は享年八十九。長寿である。たとえ百歳まで長生きしても、北斎は「あと五年…」と高みを目指し続けただろう。

好きなものに打ち込んだ父の人生。世間と戦うため、強くなるための手段だった「手」は、何十年という長い年月取り組む中で父の身体と精神を鍛えあげ、父の生活そして人生に寄り添ってくれた。

又吉眞光先生を通して「手」と出会った父は、自らの強い意志と行動力でしっかりと「カイロスの前髪」を摑んだのである。空手着に身を包んだ遺影の父は、強い眼で虚空を睨んでいる。

33　父が死んだ。

「六十マディヤ、サラバンジ。七十からヤ、日ーヌヨーイ」という島言葉がある。六十歳まではまだまだ現役真っ盛り。七十歳からは日々弱っていく、という意味である。私も老化の波が押し寄せてくる年齢になって、両親の老いの寂しさを実感している。

長生きするのは酷な一面もある。家族や親族、親しい友人や知人たちも次々と亡くなり来客も少なくなった。中には年寄りの寂しさに付け込んでくる人もいる。頻繁にお金を借りに来る人たちもいた。返せなくなると顔を見せなくなるのが常だった。

年老いてからの一人暮らしの不安。すぐ傍らに話し相手がいない寂しさ。隣に住んでいる弟夫婦は頻繁に父宅を訪れ面倒をみてくれていたが、早朝からの農業に沖縄ソバの食堂経営と多忙である。また好江さんの母親も車椅子で一人暮らしだった。

私も出来るだけ父の家に通い、ヘルパーさんも派遣してもらっていたが、それでも携帯に十数回もの電話が掛かってきたことも度々だった。現役の頃はどちらかと言えば無口な父だったが、相手をしている私が聞き疲れるほど話し続けた。

現状を見かねた北海道の次兄から「同居して、親父の面倒を見てほしい」と頼まれたこともあったが、父の脳裏には、娘が親の世話をするのは当然であるが「娘との同居」など微塵もなかっただろう。同居は仏壇後継者の男子でなければならなかった。

何度もディサービスの利用を勧めたが、昔気質の父は「アマヤ、クァンチャーが、ウランムンが、行チュヌドゥクル（あそこは、子どもがいない人が行くところだ）」と、頑なに拒んだ。困っている所に、祖母ウシの代からお世話になっている松山医院がディサービスを開所することになった。息子さんに代替わりし事業を拡大していた。「嘉数さん、ぜひいらっしゃって下さい。職員一同、嘉数さんが来るのを楽しみにしていますよ」と、説得してもらったのである。

父も長年、松山医院に診てもらっていた事もあるが、子どもを医者にしたかった父である。すぐに了解。同年齢の利用者との島言葉での楽しい会話、細かい気遣いをしてくれる職員の方々。待っても来客のない家で一人退屈な日々を過ごすより、楽しく充実した日々だったのである。

お盆や正月も休むことなくセッセと喜んで通ってくれたのには心底ホッとしたものだが、何よりも父が新しい居場所を見つけ、生き生きとした生活を送れるようになったことが嬉しかった。医療や福祉に携わる人々には本当に救われた思いである。

こうして父の足跡を振り返ってみると、父は私たち子どもにも自分の老いや弱さを見せることができない人だった。また優しさも素直に表現できる人ではなかった。父は寂しがり屋だったが甘え下手だった。甘えるすべを知らなかった。自分が雇っているヒヨーサーにさえ貶められる気弱な父の重保。世間知らずでユタコーヤーだった母ウシ。その姿を幼少期から見てきた父。

父は子どもの頃から親に保護される立場ではなく、親の「保護者」だったのだ。親に甘えられる環境ではなかった。強くならざるを得なかったのである。重ねて嘉数家唯一の男児という重責、ウシが父にかけ続けた甘い言葉「光雄が世を開けた。どこから強風が吹いても倒れない大木！」も、それに輪をかけてしまったのではないか。

私の記憶にも厳しかった父しかいない。食事をする居間には、子どもたちのしつけ用に豚を追い立てるあのチンブクのムチが置いてあった。何か事があると正座させられ、両手の平をそのムチで叩かれた。しなってとても痛かったことを覚えている。

ある雨の日のことである。日暮れまで遊んでいた弟は父に叱られるのが怖くて家に入れず、床下に潜り込んで隠れた。帰ってこない弟を心配して、村中総動員。それでも行方不明のままである。川に流されたのか、人さらいにあったのか。緊急用の村の鐘を打ち鳴らして大騒ぎになった。念のため床下を覗いて見たら、弟は丸くなって熟睡していた。

ところが、末の二人の弟には優しかった。父もゆとりができたのだろう。食事の度に二人を両ひざに乗せて、自分の皿から美味しい卵焼きなどを食べさせていた。

農業で生計を立てていこうと決意した弟だったが、父からの土地はあるものの、貯蓄は全くない。ハウスの建築資材、農機具等で一千万円以上も農協から借金をすることになった。さすがに躊躇して父に相談すると「若いうちの借金はなんでもない。六十歳までに返せばいい。何かあったら手助けするから」と、背中を押してくれたという。今では洋ラン農家として、県内トップを目指すまでになっている。

また、父は歌舞音曲とは縁がない人だったと思い込んでいた私だが、好江さんの話では、父は居間のソファーでよく大声で歌っていたらしい。父の愛唱歌はあの有名な時代劇「水戸黄門」の歌だった。歌詞に自分の人生を重ねたのだろうか。父の負けん気の強さも伺われて納得である。

人生楽ありゃ苦もあるさ　涙のあとには虹も出る
歩いてゆくんだしっかりと　自分の道をふみしめて
人生勇気が必要だ　くじけりゃ誰かが先に行く
あとからきたのに追い越され　泣くのがいやならさあ歩け

琉球王国時代の伝説的な女流歌人、恩納ナビーや吉屋チルーについても詳しく語り、二人の琉歌もスラスラと暗唱してくれたと言う。そこには私の知らない父がいた。

ある日、スーパーで「チィちゃんだよね」と、声を掛けてきたのは玉城さんだった。本島北部へ嫁ぎ、両親が亡くなってからは村には滅多に来ないとのことだった。

「あなたのお父さんには、父がとてもお世話になったよ。チィちゃんに会えて、お礼が言えて良かった！」

玉城さんの家は垣根もない草地に立つ小さなトタン屋根だった。ミー島小の奥に畑があり、農作業を終えた夕暮れ時には我が家に立ち寄り熱いお茶で一服、世間話をして帰宅するのが常だった。優しい娘思いの父親だったと記憶している。

また県外に集団就職した先輩から突然の電話をもらったことがある。彼女の実家の両親もすでに亡くなっており、島へ帰省することも音信も途絶えていた。玉城さん同様、父への感謝の言葉だった。長年の思いをどうしても伝えたかったのだろう。

「金の卵」として中学卒業後すぐに県外就職した彼女の家も、我が家同様九人兄弟の大家族だった。父親は離島出身の方で、弁当箱はサバ缶詰の空き缶だった。裸足で村の幼稚園に通っていたのを思い出す。彼女はしばらくして病気で亡くなっている。

父はこちらから素直に話をすれば受け入れてくれる人だった。祖母ウシに似て口はきつかったが、「情」の厚い人であった。愛情表現が不器用だった父。一方的な思い込みで拗ねていた私。父が差し伸べた手を、意地を張って振り払っていたことは確かだ。

父も母も、戦前、戦中、戦後とあの厳しく悲惨な時代を生き抜いてきた。その中で八人もの子供たちに教育の機会を与え、十分な資産を残してくれた。有難いことに私たちは誰一人、父の体験した「ヒンスー（貧乏）は怖い！」を知らずに育ってきた。父と母にはただ感謝しかない。

34 命《ぬち》ドゥ宝《たから》（命こそ宝）

父、光雄が若い時には優れた「手」の使い手、隠れ武士として少しは名の知られた人だった、と記憶している人ももう少ないだろう。父も母も何の肩書も学歴もない、ごく普通の田舎の人間である。二人とも忘備録なような日記を書いていたのは承知していたが、期せずして回想ノートを書いていたとは全く思いも寄らないことだった。

黙して語らなかった、語れなかった母。回想ノートを二度も中断してしまった母。一方、父は私たちが聞き疲れるほど語り尽くした面もあったが、人の耳は当てにならないものである。当然、記憶の欠落や書き換え、記憶違いも出てくる。また何を掬い取って記憶するか、どう解釈するか、人様々だ。

「記録することの大切さ」に気づかされている。父や母の遺した日記や回想ノート。行動経過書の写し。長兄や次兄の記憶。アルバムの写真に添えられた兄「勇」の文章。父の長話があまりに面白いので私が記録しておいた「聞き書き」。小林さんや白石さんのお手紙やお話。

それらがなければ、当時の嘉数家の置かれた状況、母が語れなかった子どもたちへの思い、自分と同じ「貧乏」な日にあわせたくないという父の強い思い。姉「陽江」夭逝のいきさつ。兄「勇」の大学生活や優しい人柄に気づくことも、父の骨格となった「手」について知ることも一生無かったのではないか。

なぜ勇助おじさんや父が那覇へ出ていったのか。なぜ父が「手」に打ち込んだのか。なぜ父は戦後すぐに帰還できなかったのか。激戦地の南部や収容所で母たちに何が起こったのか。そして戦後の生活などをとらえ直せたことも大きいものがあった。

令和四年。沖縄は「復帰五十周年」を迎えて県内二紙の新聞も特集が組まれ、また多くの本が出版された。新聞記事、豊見城市によって編集された戦争体験者の証言ＤＶＤ、豊見城村史や移民の歴史、平良部落のアーカイブ、空手史など、多くの歴史書や資料等からも貴重な知識を与えてもらった。

「記憶は記録することで記憶になる」という名言を聞いたことがある。また「記録が失われると、記憶も失われる」とも…。

現に、父が兄「勇」について記した原稿用紙や回想ノートの一部がすでに散逸している。まして時が経ち、孫やひ孫の世代になると忘れ去られるか、下手すれば廃棄処分される憂き目にあうかもしれない。遠い北海道から送り返されてきた記録の数々…。

次兄は「両親の遺した手記はただの家族史ではない。戦前・戦中・戦後の証言でもある。このまま埋もれさせるのは忍びない。また幼くして亡くなった陽江、大学卒業目前に亡くなった勇のことも自分たちは知らないことが多すぎた。肩書も何もない一農家の両親の遺した記憶も記録も、時間の流れの中ですぐに消えてしまうだろう。ぜひ書籍という形にして残したい！」との思いを、私に託してきたのである。

確かに兄の言う通りである。近くで親の苦労を誰よりも見てきた弟も賛同し、強く後押してくれた。戦争という恐ろしい歴史的事実。その痛みや重みを背負いながら生き抜き、書き綴られた回想録…。父と母の記憶や思いを、読み捨て、聞き捨てにすることはとてもできない。

令和五年の本土復帰五十周年。令和七年には終戦八十年を迎える。団塊の世代と言われた私たちは、誰もが何らかの形であの祖国復帰運動に身を投じた世代でもある。沖縄県民が一丸となって「本土並み復帰」という同じ夢を見た。夢は復帰と同時にもろくも覚め、ますます軍備強化に向かっている。

今、世界各地で起こっている紛争は決してよそ事ではない。我が家に起こったことも単なる過去のでき事ではない。平穏な日常がいともたやすく破壊される現実を目の当たりにしている今だからこそ、父や母の思いが詰まった記録を整理しまとめ、世に出すことの大切さを実感している。

あの悲惨な戦争を生き抜いた父母の世代。戦後の私たち。そして、その後に命をつなぐ若者たちが平和の中で前向きに生をとらえ、自らの生き方を全うするためにも、記憶の財産として繋げていってもらえれば、と願っている。

兵戈無用、不殺生。軍隊も武器も要らない、殺すなかれ。命ドゥ宝。

※　方言や慣習は、時代、地域、村、家庭によっても変わることをご了解ください。

（参考文献）

写真集「むかし沖縄」琉球新報社
まんが歴史事典「沖縄の偉人」監修・島尻勝太郎、那覇出版社
「インジャ　身売りと苦役」福地廣昭、那覇出版社
「沖縄空手古武道事典」高宮城繁・新里勝彦・仲本政博、柏書房
教養講座「琉球・沖縄史（改訂版）」新城俊昭、東洋企画
「海からぶたがやってきた」下嶋哲朗、くもん出版
「親子で見る身近な植物図鑑」いじゅの会、沖縄出版
「沖縄昆虫野外観察図鑑」東清二、沖縄出版
とみぐすく写真アーカイブ16「平良」平良自治会・豊見城市教育委員会
琉球文化アーカイブ「移民の世紀」
豊見城村史戦争体験者証言DVD
「回想　3次元CAD〝TIPS－1〟」沖野教郎・嘉数侑昇他、北斗書房
業績集　北海道大学先端科学技術共同研究センター発行
国東名菓「みかん娘のしおり」松村万珠堂

新聞「琉球新報」琉球新報社
新聞「沖縄タイムス」沖縄タイムス社
「空手道・古武道の基本調査報告書」沖縄県教育委員会
「絵で解る　琉球王国　歴史と人物」ＪＣＣ出版部、ＪＣＣ

著者プロフィール

かかず 千恵子（かかず ちえこ）

父・嘉数光雄、母・侑貴子の次女として、昭和24年、沖縄県豊見城市平良で出生。

父が死んだ。

—沖縄「手《ティ》（古武道・空手）」の隠れ武士、嘉《か》数《かず》光《みつ》雄《お》の足跡を辿って—

2024年９月15日　初版第１刷発行

著　者　かかず 千恵子
発行者　瓜谷 綱延
発行所　株式会社文芸社
〒160-0022　東京都新宿区新宿1－10－1
電話　03-5369-3060（代表）
03-5369-2299（販売）

印刷所　株式会社フクイン

ISBN978-4-286-25669-6　JASRAC 出 2404998－401